간도

# 간도

| | | | | |
|---|---|---|---|---|
| 발행일 | 2016년 07월 15일 | | | |
| 지은이 | 김 창 식 | | | |
| 펴낸이 | 손 형 국 | | | |
| 펴낸곳 | (주)북랩 | | | |
| 편집인 | 선일영 | 편집 | 김향인, 권유선, 김예지, 김송이 | |
| 디자인 | 이현수, 신혜림, 윤미리내, 임혜수 | 제작 | 박기성, 황동현, 구성우 | |
| 마케팅 | 김회란, 박진관, 오선아 | | | |
| 출판등록 | 2004. 12. 1(제2012-000051호) | | | |
| 주소 | 서울시 금천구 가산디지털 1로 168, 우림라이온스밸리 B동 B113, 114호 | | | |
| 홈페이지 | www.book.co.kr | | | |
| 전화번호 | (02)2026-5777 | 팩스 | (02)2026-5747 | |
| ISBN | 979-11-5987-111-5 03810(종이책) | 979-11-5987-112-2 05810(전자책) | | |

이 도서의 국립중앙도서관 출판예정도서목록(CIP)은 서지정보유통지원시스템 홈페이지(http://seoji.nl.go.kr)와
국가자료공동목록시스템(http://www.nl.go.kr/kolisnet)에서 이용하실 수 있습니다.
(CIP제어번호: CIP2016016924)

성공한 사람들은 예외없이 기개가 남다르다고 합니다.
어려움에도 꺾이지 않았던 당신의 의기를 책에 담아보지 않으시렵니까?
책으로 펴내고 싶은 원고를 메일(book@book.co.kr)로 보내주세요.
성공출판의 파트너 북랩이 함께하겠습니다.

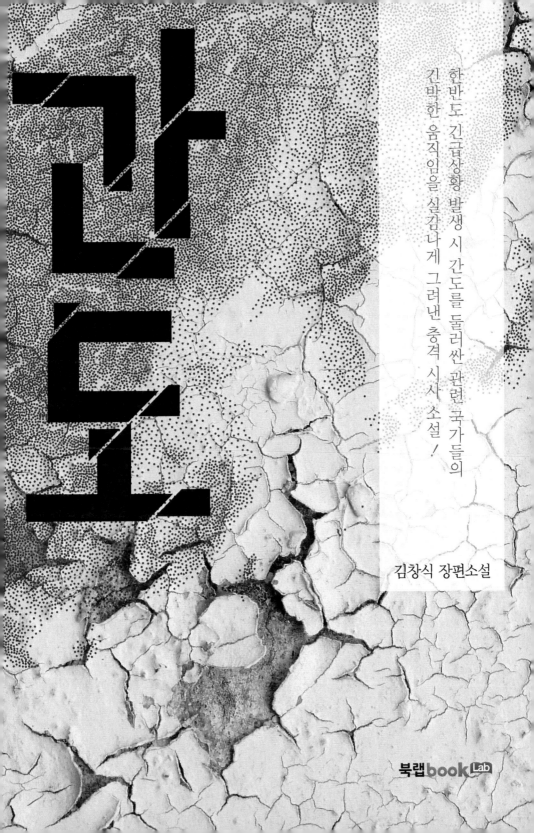

　　高 김대중 전 대통령이 서거하신 지 어느덧 7년
이 다 되어 간다. 그분의 말씀처럼 우리는 행동하는 양심이 되어야 한
다. 하지만 우리는 양심에 따라 얼마나 행동했었는가? 아니 앞으로는
할 수 있을 것인가, 반문하지 않을 수 없다.

　우리는 양심에 따라 행동하는 것이 아니라 필요에 따라 행동하였으
며 때론 진실도 필요에 의해 덮어야 한다는 편리주의에 따라 세상은 돌
아가고 있고, 우리는 암묵적으로 거기에 동의해왔다.

　1909년 9월 4일 간도협약이 체결된 지 100년하고도 7년이 지났다.

　그리고 남북이 분단된 지 60년이 넘는 긴 시간이 지났다. 이제는 우
리 주변에서 우리의 소원은 통일이라는 노래를 듣기 힘들다. 긴 세월의
시간만큼 우리의 마음속에서도 통일은 남의 나라 이야기가 된 듯하다.
더욱이 남북은 강 대 강으로 치닫고 있고, 유일한 공존 장소였던 개성
공단마저 폐쇄된 현 상황에서 평화통일은 우리 세대에서는 더욱더 힘
들어 보인다.

아마도 통일이 된다고 해도 우리가 주체가 된 통일이 아닌 주변국으로서 통일의 들러리가 될 가능성이 크다. 왜냐하면 우리는 통일을 위해 어떠한 행동과 대화도 하지 않았기 때문이다.

통일과 맞물려 간도는 예로부터 우리의 영토였으며, 우리 민족이 살았던 땅이다. 그러나 일제 강점기에 중국과 일본이 체결한 간도협약으로 인하여 중국에 빼앗긴 지 100년이 넘도록 우리는 중국 측에 반환요청 한 번 한 적이 없다.

그나마 제16대, 제17대 국회에서 김원웅 의원이 통일외교통상위원회에 『간도협약의원천적무효확인에관한결의안』을 제출했지만 현재 임기만료되어 폐지된 상태이다.

그동안 우리나라는 역사적으로나, 국제법적으로나 우리의 땅임이 확실한 간도에 대하여 외교관계 운운하며 소극적으로 대응해 왔다. 간도 회복은 남북통일과 재중동포는 물론 재외동포들에 이르기까지 우리 민족의 동질성을 회복하는 중요한 일임이 틀림없다. 반세기 이상의 남북분단은 언어, 생활양식 등 모든 분야에서 이질화를 가져왔다.

그리고 간도 지역에 거주하는 재중동포들도 지금까지는 우리의 언어와 전통을 어느 정도 보존하고 있지만 그 이후 후손들은 중국에 동화되어 민족의식이 조금씩 사라져 가고 있음에 틀림없다.

지난 2009년 8월 28일 이명수 국회의원을 비롯한 50여 명의 국회의원이 "간도협약 무효 결의안"을 외교통상위에 제출했다. 조금이나마 의식 있는 국회의원들이 있다는 데 감사할 따름이다.

그리고 다시 한 번 짚고 넘어가야 하겠지만 헌법 제3조에 우리의 영토를 한반도와 그 부속도서로 정함에 따라 원천적으로 간도의 수복을 제한하고 있다는 문제점은 여러 학자가 주장하고 있듯이 우리 국민도 잘 알고 있다. 세계 어느 나라에서도 자신의 영토를 이렇게 쉽게 포기하는 나라는 찾아보기 힘들다.

그리고 헌법에 대통령은 조국의 평화적 통일을 위한 성실한 의무를 진다고 명시함에도 불구하고 평화통일은 점점 더 요원해지고 있다.

더욱이 중국은 동북공정을 진행하며, 고구려 및 발해를 자신의 지방정권으로 전락시키는 데 여념이 없다. 나는 중국의 북한에 대한 발언권이 점점 더 세지는 현시점에서 한반도의 안보위협과 민족통일이 점점 더 불가능해지는, 북한이 중국의 지방자치구로 전락할지도 모른다는 불안감에 휩싸이고 있다.

대다수의 사람이 동북공정과 간도에 대해 한 번쯤은 들어보았고, 어설프게나마 그 내용에 대해서도 알고 있다. 하지만 관심을 가지고 깊이 있게 생각하거나 연구한 사람은 많지 않을 것이다.

그도 그럴 것이 그동안 간도에 관한 전문서적과 논문은 세상에 여러 권이 나와 있지만, 그 내용이 너무 딱딱하고 또 어려워 일반인이 쉽게 읽거나 접하기가 쉽지 않았기 때문이다.

더욱이 3포세대라는 말이 유행하는 장기 저성장의 취업난 속에 자신에게 어떠한 경제적 이익도 주지 않는(단기적으로는 그럴 것이다. 하지만 우리나라가 한 단계 도약하기 위해서는 통일이 반드시 필요하다) 역사에 국민의 관심이 집중될 리 만무하다.

그래서 필자는 이번 소설을 통하여 간도 반환과 통일에 대한 국민의 관심을 이끌어내고, 더욱이 세계화와 정보통신 기술의 발달에 따라 지역 간 장벽이 무의미하고 국가·민족 간 통합이 촉진되어 국경의 장벽이 낮아지거나 사라지는 세계화의 바람이 거세게 불어오는 현 상황에서 우리에게 있어 애국심과 민족이란 무엇인가를 이 시대를 살아가는 동시대 사람들과 다시 한 번 가슴속에 되새겨 보고 같이 고민해 보고 싶다. 필자는 역사학자도 더욱이 민족주의 연구자도 아니다.

따라서 이 책에서는 간도에 관한 전문적인 내용보다는 소설이 다 그렇듯 있을 법한 소재를 토대로 시나리오를 엮어 나갔다. 즉 재미와 흥미를 위주로 이야기를 엮어 나갔다. 그리고 우리가 늘 그렇듯 역사적 사명과 양심이 아니라 필요에 의해 행동할 수밖에 없는 상황을 설정해 이야기를 엮었다. 필자의 개인적인 생각으로는 아마 간도를 수복하기는 힘들 것이다. 더욱이 통일도 쉽지 않을 것이다. 왜냐하면 중국이 간도를 내줄리 만무하고 주변 강대국이 한반도의 통일을 원하는지도 의심스럽기 때문이다. 중국은 수십 개의 소수민족으로 구성되어 있다. 간도를 내어주면 아마도 중국의 소수민족 독립운동이 도처에서 일어날 것이다.

다만, 간도를 수복하기 위해서는 남북한 통일을 통하여 우리의 언어와 문화를 보급하고 잦은 왕래를 통하여 자연스럽게 한민족, 한 국가가 되는 길 밖에는 다른 방도가 없어 보인다.

한반도의 대한민국은 참으로 대단한 나라다. 세계 어디서도 그 유례를 찾기 힘들 정도로 빠르게 성장해왔고 앞으로도 그럴 것이다. 하지만 역설적으로 한반도의 운명은 주변 강대국의 정치적 논리에 의해 쉽게 바뀔 수 있고, 더욱이 우리가 원하지 않는 전쟁에 휘말릴 수도 있다.

그래서 정치외교 관계에 있어서 우리나라는 더욱더 신중해야 한다. 강대국 간 힘의 균형이 깨지는 어떠한 결정도 해서는 안 된다고 생각한다. 지금의 시대는 영원한 우방도 없고, 적국도 없다. 다만 동업자만 있을 뿐이다.

어느 강대국도 힘의 균형이 깨지는 것을 그냥 좌시할 수는 없을 것이다. 이러한 점에서 우리 국민들도 싸드 배치 등 한반도 정세에 관해서 고민해 볼 필요가 있고, 과연 이러한 결정이 중국 등 주변 강대국으로 하여금 어떠한 결정을 내리게 할지 소설을 통해서 나름의 생각을 적어보았다.

비록 처음 쓰는 글이고 필력이 미약하지만 이 글을 읽는 분들이 이 책을 다 읽을 때쯤이면 간도 수복과 통일에 대하여 진지한 고민까지는 아닐지라도 한 번쯤은 생각해 봤으면 좋겠다는 생각으로 이 글을 썼다.

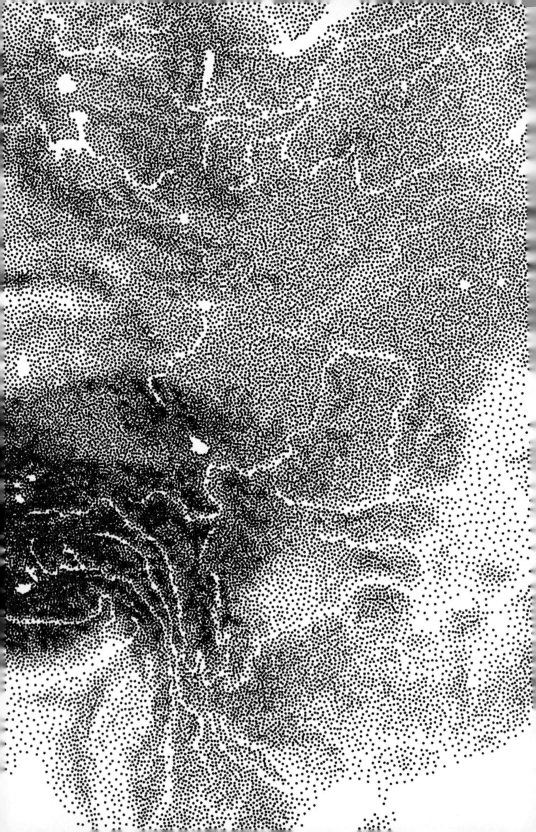

"하지만 항상 턱밑에 혹을 달고 다니듯 작은 나라, 대한민국이 늘 걱정되었다. 혹시 통일이 되어 옛 영토를 찾겠다고 나서면 그야말로 문제였다. 통일이 되면 자연스레 민주주의의 바람이 연변 등지를 타고 중국 내로 흘러들어 올 것이고 간도를 열어주면 그야말로 중국 전체가 흔들릴 것은 불을 보듯 뻔했다."

# 한반도의 위기

## 1950년, 애치슨선언과 일진회

"반민특위법이 국회를 통과했다고 합니다. 특별경찰대까지 구성해서 우리를 찾는 데 혈안이 되어 있습니다."

"아니, 일본이 이렇게 허망하게 망하다니요. 이제 우리는 어떻게 해야 합니까."

"너무 걱정하지 마십시오. 아직 경찰 요직은 우리 일진회가 좌지우지하고 있습니다."

"하지만, 이승만 대통령 마저 등을 돌리면 어떻게 합니까?"

"제게 생각이 있습니다."

"무슨 복안이라도 있으십니까?"

"새롭게 세워진 대한민국에서 우리의 힘이 필요하도록 만들면 됩니다."

"어떻게 그게 가능합니까? 독립운동가들이 우리를 죽이지 못해서 혈안인데…"

"곧 미국에서 애치슨 선언이 있을 겁니다. 애치슨 라인은 북한의 도발을 불러올 겁니다."

"근데, 미국이 왜 우리의 요구를?"

"미국은 세계최강 자본주의 국가입니다. 미국을 이끄는 힘은 군수업체에서 나옵니다. 미국은 돈이 되고 국익에 부합된다면 아마 제3차 세계대전을 일으킬 수 있는 나라입니다."

"하지만, 북한에서 도발하겠습니까?"

"북한의 사정도 여의치 않습니다. 김일성도 권력투쟁의 우위를 점하기 위해 칼끝을 외부로 돌릴 수밖에 없을 겁니다. 그 사이 자신의 권력을 공고히 하겠지요."

"그럼, 적화통일이 되면 더욱 큰일 아닙니까. 북에서는 친일파에게 더 잔인하면 잔인했지 덜하지는 않을 텐데요."

"미국이 한반도를 버리지는 못할 겁니다. 향후 중국과, 러시아를 견제하고 대륙진출의 교두보 역할을 할 한반도가 공산화가 되도록 두겠습니까."


"전쟁이 일어나면 이승만 정부는 우리의 자본과 인력이 필요할 겁니다. 이번 기회에 북쪽까지 밀고 올라가서 북에 있는 우리 일진회 동지를 구해야 합니다. 남북통일이 되면 초대 대통령은 우리 일진회에서 꼭 배출해야 합니다. 그러니 전쟁 중에 우리의 경쟁자가 될 만한 민족지도자를 처단해야 합니다."

애치슨 선언 후 5개월 뒤 한반도에서는 동족상잔의 비극, 6·25전쟁이 발발하였다.

## 2016년, 대한민국

"'돼지'들을 잘 따돌려야 할 텐데."

'돼지'는 기무사 블랙 요원의 속칭이었다. 전방의 주요 사단장들은 '돼지'들의 감시대상이기도 했다. 간첩으로부터의 신변보호, 포섭, 정보유출, 쿠데타 세력제거 등 언제부턴가 정권유지를 위해 '돼지'들이 활발히 움직이고 있었다. 김성일 장군도 언제부터, 누구에 의해 '돼지'들이 조직되었는지 정확히 알 수는 없었지만, 전두환 정권 시절부터라고 나름 짐작하고 있을 뿐이었다. 그들은 철저히 점조직으로 운영되고 있어 정확한 실체를 파악하는 게 불가능했다. 그들은 대면보고 없이 전화, 이메일 등 오로지 통신에 의해서만 보고와 지령이 가능했다. 기무사령관조차도 그들의 실체를 알 수는 없었으며, 사령관마저도 '돼지'들에게는 감시의 대상일 뿐이었다.

여섯 시, 약속된 시간이 다가오자 김성일 장군은 긴장감을 참지 못하고 감악산을 바라보며, 끊었던 담배를 다시 꺼내 들었다. 긴장감은 그에게 점점 더 많은 담배 연기를 요구했고, 그럴수록 그의 폐는 더욱 더 세차게 담배 필터를 빨아들였다. 아무도 하지 않는 결정을 누군가는 해야 한다는 것을 알고 있었고, 그 결정을 누군가는 수행해야 한다는 것도 알고 있었다. 다만, 그 결정권자가 자기가 아님에 안도했다. 하지만 그도 자기만의 십자가를 져야 한다는 것을 잘 알고 있었다. 그래서 그는 군인임을 포기하고, 정치가가 되기로 했다. 쿠데타는 군인으로서는 피로도 씻을 수 없는 치욕이었지만 대한민국의 원죄가 더이상 후손들에게 전가되는 것을 그는 두고 볼 수가 없었다. 그래서 그는 자신의 피를 통해 그 원죄를 씻고자 그분의 뜻을 받아들이기로 했다. 그날 이후 그는 단 하루도 편하게 잠든 적이 없었다.

대한민국의 원죄, 나라를 일본에 팔아먹은 매국노를 처단하지 못한 채 이어진 동족상잔의 비극인 6·25 전쟁 같은 일련의 사건들은 대한민국의 원죄가 되었고, 이 원죄로 인하여 대한민국은 태생적 한계를 극복하지 못한 채 21세기를 표류하고 있었다.

미국은 싸드 배치를 통해 중국을 지속적으로 압박하고 있고, 중국은 동북공정을 통해 호시탐탐 북한을 노리고 있다. 언제 터질지 모르는 시한폭탄인 북한으로 인하여 한반도 정세는 한 치 앞도 가늠할 수가 없었다. 김성일 장군은 연거푸 담배 연기를 세차게 빨아들였다. 자의든 타의든 한반도는 곧 전쟁의 소용돌이에 휘말릴 수밖에 없었다. 그는 지금의 대통령은 이 문제를 해결할 혜안과 능력이 없다고 생각했다. 수행 장교의 노크 소리는 깊은 생각에 빠져있던 그를 현실 세계로 불러왔다. 드디어 시작인가.

"사단장님. 다 모이셨습니다."

그는 상황실로 들어가기 전 감청실로 향했다. 사단장을 본 통신장교는 차려자세를 취한 채 오른손을 들어 올렸다.

"단결!"

"그래, 기무사 감청상태는 어떤가?"

"아직까지 특별한 교신내용은 없습니다."

"알겠네. 수고하게."

통신장교의 단결 구호를 뒤로 한 채 김성일 장군은 상황실로 향했다. 상황실로 들어선 김성일 장군은 좌중을 바라보며 탁자 위에 전화기를 가리켰다.

"누가 될지 모르지만, 곧 '돼지'로부터 전화가 올 겁니다. 긴장하지 마시고 평소처럼 받으시면 됩니다."

김성일 장군은 '돼지'들이 랜덤으로 확인전화를 한다는 것을 알고 있었기에 각 사단의 전화를 상황실로 연결해 놓은 상태였다. 3분 뒤, 상황실의 정적을 깨며 11사단장의 전화기가 요란하게 울리고 있었다. 김성일 장군은 11사단장의 얼굴을 보며 전화기를 가리켰다. 11사단장은 깊은 심호흡을 한번 한 뒤 수화기를 집어 올렸다.

"네. 11사단장 이두필입니다."

예상대로 수화기 너머에서는 아무런 반응이 없었다. 이두필은 평소와 같이 전화기를 내려놓으며, 안도의 한숨을 내쉬었다. 잘하셨습니다. 드디어 김성일 장군이 말문을 열기 시작했다.

"여러 장군님도 잘 아시겠지만 중국의 움직임이 심상치가 않습니다. 우리 대한민국은 더이상 미국과 중국이라는 거대한 힘의 중력에 의해 좌지우지되어서는 안 됩니다. 거대양국의 의지가 아닌 대한민국의 자유의지에 의해 나아가야 합니다. 여러 장군님도 잘 아시겠지만 대한민국의 원죄로부터 자유로운 정치인이 어디 있습니까? 지금의 대통령 또한 마찬가지입니다."

물론 김성일은 군부도 예외는 아니라고 생각했다. 원죄를 저지른 자들은 평상시에는 흙 속에 몸을 숨기고 있다가 단비를 만나면 그 모습을 드러내는 지렁이와 같다. 단비로 그들을 유인하여 실체를 파악하고 제거해야 했다. 김성일 장군이 중국 등 동아시아 정세를 설명하자 여러 장군이 정부에 대한 비판의 포문을 열기 시작했다.

"맞습니다. 이대로 가다간 손 놓고 당하게 생겼습니다."

"박 장군님 말이 맞습니다."

"헌데 정부는 군대의 선진화를 운운하며 계속해서 군비를 축소하고 있으니 이대로 가다간 북한 뿐만 아니라 우리 남한도 중국에 흡수되는 것은 시간문제입니다. 미국을 어디까지 믿을 수 있겠습니까?"

"어차피 영원한 우방도, 적도 없는 냉정한 국제정치가 현실입니다. 필요에 따라서는 악마와도 동맹을 맺는 게 현 상황입니다. 언제까지 미국의 핵우산에 의지해야겠습니까?"

"따라서 여러분의 결단이 필요할 때라고 생각합니다. 어떻게 저와 뜻을 함께하시겠습니까?"

김성일 장군이 비장한 목소리로 소장과 장군들을 향해 결단의 뜻을 내비쳤다.

"알겠습니다. 저희는 김성일 장군님만 믿고 뜻을 같이하겠습니다."

"감사합니다. 그럼 나라를 구하고자 하는 여러분의 뜻을 모아 일을 진행토록 하겠습니다. 이제부터 장군님들의 뜻을 모아 일을 진행할 테니 저의 명령을 따라주시기 바랍니다."

김성일 장군은 시간이 많지 않다는 것을 알고 있었다. 계획의 첫 단추를 끼우자 마음이 급해져 가고 있었다.

## 1사단 지하벙커

"북쪽하고의 계획은 차질 없이 진행되고 있겠지?"

"네. 장군님. 근데 문제가 좀 생겼습니다."

"뭔가?"

"장군님, 며칠 전 저를 미행하던 자가 있어 처리했는데 아무래도 눈치를 챈 게 아닐까요?"

"알았네. 그만 나가보게."

"보안에 각별히 더 신경 쓰라고."

"네. 장군님."

설마 '돼지'들인가, 아니다. '돼지'가 사라졌다면 기무사에서 가만히 있지는 않을 터였다. '돼지'들은 3일간 연락이 되지 않을 경우, 전사자 처리가 되고 기무사에서는 그 행방을 쫓게 된다. 우리 측 정보기관은 아닐 것이다. 기무사에 심은 세작으로부터도 별다른 특이 동향은 없다고 했어. 아무래도 그쪽인가? 김성일 장군은 왠지 모를 불안감에 휩싸인 채 창문 넘어 감악산을 뒤로하며 지고 있는 노을을 말없이 바라보며, 깊은 한숨을 내쉬었다.


## 국립과학연구소,
## 이철호 박사 사무실


"이철호 박사님 프로젝트는 현재 어느 단계까지 진행됐습니까?"

"네, 김성일 장군님. 이미 시험제작까지 끝마친 상태입니다."

"그래요? 생각보다 빠르게 진행되고 있어 다행입니다. 박사님의 큰 결단이 우리 대한민국을 전쟁의 소용돌이에서 구하신 겁니다. 결국 평화도 힘이 있는 자가 지킬 수 있는 거 아니겠습니까?"

"김성일 장군님을 비롯한 장군님들께서 전폭적인 지원을 해 주신 덕분입니다. 다만 "백두산"은 평화를 지키기 위해서만 사용되어야 합니다. 백두산이 완성되면 대내외에 공표해서 중국이 도발하지 못하도록 해야 합니다."

"걱정하지 마십시오. 이번 프로젝트는 한반도의 평화를 지키기 위한 가장 중요한 첫걸음입니다."

"반드시 성공해야 합니다. 박사님. 그럼 앞으로 어떤 절차가 남은 겁니까?"

"이제 '백두산'이 실전에서 제대로 작동하는지만 확인하면 됩니다."

"하지만 실험을 할 만한 장소가 마땅치 않습니다. 장군님도 아시겠지만 백두산이 제대로 작동한다면 미국이나 중국에서 금세 알아차릴 것입니다. 아마 미국 등 강대국에서 우리가 이 기술을 개발하는 것을 가만히 보고만 있지는 않을 겁니다."

"걱정하지 마십시오. 제가 알아보겠습니다. 그리고 각별히 몸조심하셔야 합니다."

김성일 장군이 탄 벤츠는 빠르게 이철호 박사의 연구소를 빠져나와 서울로 향했다. 이철호 박사는 김성일 장군의 자동차를 물끄러미 바라보면서 과연 자신의 판단이 옳은지, 한반도 통일을 위해서는 이 방법밖에 없는 것인지 하는 의구심과 달리 마음 한쪽에서는 이제는 더이상 늦출 수 없다는 강박감이 그의 가슴을 짓누르고 있었다.

# 서울 시내

"참모총장님 접니다."

"네. 김성일 장군님. 백두산이 완성된 겁니까?"

"아닙니다. 마무리 단계에 와 있습니다. 일단 만나서 얘기하시죠."

김성일 장군의 손목에 채워진 시계의 시침이 밤 12시, 정각을 향해 달리고 있는 순간이었다. 검은색 중형세단이 한강대교를 건너 고수부지를 향해 조용히 내려오고 있었다.

"어서 오십시오. 참모총장님. 자, 이리로 앉으시지요. 지금 백두산이 마무리 단계에 와 있는데 실험을 할 만한 장소가 마땅치 않습니다."

"그 문제라면 걱정하지 마십시오. 제가 장소를 준비하겠습니다. 그런데 대통령의 재가를 어찌 받을지 걱정입니다."

"백두산이 완성될 때까지 비밀로 해야 합니다. 참모총장님께서도 잘 아시다시피 지금 중국의 움직임이 심상치 않습니다. 그렇다고 손 놓고 미국만 믿고 있을 수도 없는 상황이지 않습니까."

"지금 정부와 미국의 관계를 잘 아시겠지요. 미국도 언제 돌변할지 모르는 일입니다."

"그러게 말입니다. 지금이 어느 때보다도 한미공조가 중요한 때인데 대통령께서 자주외교, 상호외교니 대등한 외교니 하면서 저렇게 미국에 강경 태도로 나가시니 미운털이 박힐 수밖에요. 아, 그러면 확실하게 군사비를 늘려서 자주국방을 하든지. 실질적 안보는 미국에 의존하면서 말로만 자주외교 어쩌고 하면, 우리 같은 안보책임자는 어떻게 하라는 건지."

황현 육군참모총장은 갈수록 안갯속과 같은 아시아의 정세에 답답함을 느끼고 있었다. 미국은 우리의 목줄을 쥐고 흔들고, 중국은 머리를 잡아채려는 형국이었다.

"아, 김성일 장군님 아까 말씀하신 건 걱정하지 마십시오. 정읍에 10만 평 규모의 지하 화력시험장이 있습니다. 그곳이라면 안전할 겁니다."

"네. 그럼 이른 시일 내에 그곳에서 백두산을 실험할 수 있도록 부탁드립니다. 참모총장님."

"알겠습니다. 김성일 장군님."

김성일은 지금의 대통령을 떠올렸다. 제18대 대통령 김동석, 그도 결국 출생의 태생적 한계를 극복할 수 없는 인물이었다. 결국 원죄에서 벗어나지 못했던 그였기에 보여주기식 외교를 할 수밖에 없다고 생각했다.

김일성 장군은 참모총장이 떠나자, 수행 장교에게 리스트를 건네며 말했다.

"잘 봐두게. 황현 육군참모총장이네. 우직하고 애국심이 투철한 자로 군인의 모범이라고 할 만한 인물이지. 이번 일에 있어서 아주 중요한 인물이지만 일이 끝나고 나면 제거해야 할 대상 중 1순위네."

"아마도 장성들이 우리의 진짜 계획을 알면 등을 돌릴걸세. 그들도 그들의 기득권을 포기해야 하는 일이 생기면 언제든 배신할 자들이니까. 일이 시작되면 제거해야 할 자들이네. 잘 보관하도록."

김성일 장군은 대업에 모든 사람이 함께할 수 없다는 사실을 누구보다도 잘 알고 있었다. 모두 입으로는 애국을 말하고 있지만, 기득권을 내려놓아야 하는 순간이 오면 등을 돌릴 것이다. 인간은 본질보다는 본질을 감싸고 있는 화려한 포장에 관심이 더 많다. 통일의 본질은 바뀌지 않지만 통일에 따라 기득권이 바뀌고, 대한민국을 포장하고 있는 많은 사람이 바뀔 것이다. 그때 대한민국의 미래를 위해 원죄를 지은 많은 지렁이를 제거해야 한다. 그것들을 제거하지 않고는 대한민국은 한 발자국도 앞으로 나아갈 수 없을 것이다.


## 국립과학연구소,
## 이철호 박사 사무실

"이 박사님 장소가 정해졌습니다. 준비하십시오."

"벌써요?"

이철호 박사는 군부의 신속한 준비에 다소 놀라지 않을 수 없었다.

"준비는 다 됐습니다. 지금이라도 당장 실험할 수가 있습니다."

"그럼 정읍 육군 화력시험장에서 뵙겠습니다. 박사님."

이철호 박사는 대한민국의 미래를 위해 어느 정도의 피를 흘려야 한다는 사실을 알고 있었다. 다만, 조국을 위해 흘린 피가 헛되지 않고 대한민국의 밑거름이 되기를 간절히 소망할 뿐이었다.


## 서울, 세종로

"부장동지, 오늘 육군참모총장이 한강 고수부지에서 누군가를 만났는데 신원파악이 되질 않습니다."

"그래? 드디어 남한이 움직이는 건가."

김성규 인민무력부장은 순간 많은 생각이 뇌리를 스쳤지만, 딱히 잡히는 인물이 없었다. 20여 년 전 만남이 연이 되어 지속하여온 그 사람과의 약속. 그 약속이 현실로 이루어진단 말인가. 김성규 인민무력부장이 말을 이었다.

"계속 감시하도록 하고 그자가 누구인지 최대한 빨리 알아내도록."

"네. 부장동지."


## 정읍, 육군 화력시험장

"이철호 박사님 어떻게 성공할 수 있겠습니까?"

"설계도는 완벽합니다. 이제는 하느님께 맡기는 수밖에요."

"참모총장님. 보안에 각별히 신경을 써 주십시오."

김성일 장군은 보안을 위해 참모총장과 몇몇 군인을 제외하곤 모든 사람의 출입을 통제하도록 했다.

"이 기술에 대해서는 김성일 장군님도 잘 알고 계시겠죠."

"미국, 러시아 심지어 중동국가에서도 이 기술을 탐내고 있다고 들었습니다. 미국이 이라크 전쟁에서 그 위력을 시험했지만 실패했지요. 아직도 이 기술을 개발 중에 있다고 합니다."

황현 참모총장은 가슴이 벅차오르고 있었다.

"네. 그래서 오늘 백두산이 제대로만 작동해 준다면 대한민국은 단숨에 군사 강국의 반열에 오를 수 있습니다. 나아가 한반도의 평화, 아니 동아시아의 평화를 지키는 수호신 역할을 할 것입니다."

"일단 전차와 항공기 등을 지하 화력시험장에 배치해 놨습니다."

대대장의 보고였다.

"절대로 전자기파가 외부로 나가서는 안 됩니다."

"걱정하지 마십시오. 박사님. 이곳은 박정희 대통령 시절부터 전차의 화력시험, 수류탄, 심지어 미사일 시험까지도 해온 장소입니다. 절대 외부에서 눈치채지 못할 겁니다. 이곳은 내장산으로 둘러싸여 전파가 외부로 나가는 것은 물론 외부의 레이더에도 잘 감지되지 않는 곳입니다."

"박사님, 자 그럼 어서 지하로 이동하시죠."

김성일 장군과 이철호 박사 일행은 백두산의 위력을 시험하기 위해 지하 화력시험장으로 향했다.

"이 스위치를 누르면 도화선과 연결된 백두산의 폭약 뇌관이 자극을 받아 백두산이 터지게 될 겁니다."

"자 전원 위치로, 스탠바이."

이철호 박사의 지시가 떨어지자 각 대원이 자신들의 자리로 돌아갔다. 모두가 긴장된 얼굴로 스위치를 바라보았다.

"자, 카운트 다운. 5, 4, 3, 2, 1…"

이철호 박사가 스위치를 누르자 화력시험장 중앙에 설치된 백두산이 터지면서 순간 화력시험장 곳곳으로 불똥이 튀었다.

"어, 이거 대단한데요. 저 조금만 몸집에서 나오는 에너지파가 장난이 아니군요."

에너지측정기를 들여다보던 황현 참모총장이 놀란 얼굴로 이철호 박사를 쳐다보면 물었다. "성공인가요?"

"글쎄요. 성공이라고 할 수도 있고 실패라고 할 수도 있습니다."

"무슨 말씀…?"

"문제는 얼마나 오랜 시간 동안 적의 무력화 상태를 지속시키느냐입니다. 작은 공간에 수백, 수천억 볼트를 저장할 축전기술이 필요합니다."

"김성일 장군님도 아시다시피 미국도 이라크 전쟁에서 이 기술을 시험해 본 적이 있지요. 하지만 실패했습니다. 실패한 이유가 바로 축전기술에 있었던 겁니다."

"하지만 너무 걱정하지 마십시오. 제가 알기로는 국내 자동차 회사에서 전기차 개발을 위해 수년 전부터 관련 기술을 개발해 온 것으로 알고 있습니다. 전기자동차의 핵심기술도 결국은 소형건전지에 많은 양의 전력을 빠른 시간 내에 충전하는 것이지요."

"일단 백두산이 제대로 작동하기는 하나, 좀 더 시간이 필요할 거 같습니다."

"알겠습니다. 서둘러 주십시오. 시간이 길어지면 눈치채는 자들이 있을 것입니다."

"참모총장님 이번 실험과 관련된 모든 사실은 극비에 부쳐져야 합니다."

"알겠습니다. 김성일 장군."

'백두산'의 개발이 완료되면, 제2차 세계대전 미국이 전 세계를 공포로 떨게 했던 원자폭탄과 같은 위력을 발휘할 수 있을 것이다. 그럼 향후 20년간 대한민국은 미국과 어깨를 나란히 하는 군사 강국의 대열에 올라 평화를 지킬 수 있을 것이다.

"그리고 당분간 주변의 경계를 강화해 주십시오. 아무리 지하의 완벽한 시설이라고 해도 미세한 흔적이라도 남기 마련입니다. 미세한 흔적이 사라지는 며칠 동안 주변의 경계를 강화해 주시기 바랍니다."

"자, 저는 참모총장님만 믿고 갑니다."

김성일 장군, 그는 강직하고 우직한 군인이었다. 황현 참모총장은 자신보다 육사 두 기수 선배기도 한 그가 늘 부담스럽고 껄끄러운 존재였다. 하지만 그의 애국심을 알기에 전례에 따라 그를 전역시킬 수 없었던 그의 마음을 김성일 장군은 조금이나마 알고 있을까 하는 생각을 하지 않을 수 없었다.

김성일 장군은 마음이 급해졌다. 중국이 도발하기 전에 만들지 못한 다면 무용지물이었다. 미국이 계속해서 싸드로 중국을 압박하고 있는 한반도의 현 상황. 중국도 현 상황의 타개를 위해 분명 움직일 것이다. 그는 제발 하늘이 대한민국의 편이기를 기도했다.


## 서울, 국정원 본관


"비서실장님, 저 국정원 1차장 김호영입니다. 오늘 대통령님을 좀 뵐 수 있겠습니까?"

"무슨 일입니까?"

"대통령님께 직접 보고를 드려야겠습니다."

"지금 대통령님께서 총리와 면담 중이시니 세 시 이후에 들어오시지요. 대통령님께 미리 말씀드리겠습니다."

김호영 차장과 육군참모총장은 청와대 본관 2층의 집무실로 향했다. 대통령과 고향 선후배 사이인 김호영 차장은 권력의 실세 중의 실세였다. 비서실장은 이런 비선의 문제점에 대해 대통령께 여러 번 이야기했지만 소용이 없다는 사실에 늘 걱정이었다.

"그래. 무슨 일이오?"

"네. 대통령님 작계 6020이 대해 보고 드리러 왔습니다."

"그 얘기는 없던 거로 하기로 하지 않았소."

"대통령님, 중국의 움직임이 심상치가 않습니다."

"더이상 작계 5029, 5030으로는 급변하는 동아시아 정세에 대응하기가 어렵습니다. 이제는 중국의 도발까지 포함한 포괄적 작전계획 수립이 필요한 때입니다. 중국이 북한의 사태급변을 핑계로 북한 도발을 가상한 작계 6020의 절실히 필요한 때입니다. 중국 도발에 대응해서 평화적 통일을 이루는 게 작계 6020의 목적입니다. 대통령님 결단을 내려 주십시오."

김호영 국정원 1차장은 대통령을 계속해서 압박하고 있었다.

"하지만 그렇게 할 경우 제3차 세계대전이 일어날 수도 있소. 그리고 이건 한미연합사령관과 미국의 승인이 필요한데 미국이 승인하겠소?"

"대통령님께서 결단만 내려주신다면 미 대통령의 승인은 제가 받겠습니다."

"알겠소. 두고 가시오."

대통령의 얼굴에 어두은 빛이 감돌고 있었다. 대통령도 한반도의 현 정세를 잘 알고 있었다. 하지만 그는 결정을 내릴 수 없었다. 결정을 내릴 만큼 확신이 서지 않았다. 한반도의 미래를 생각하면 통일이 필요했지만, 대한민국 스스로 통일을 할 수 없다는 것을 그는 잘 알고 있었다. 서서히 침몰하는 배와 함께 생명을 연장할 것인가, 아니면 누군가가 나서 배를 수리해 항해를 계속할 것인가, 어쩌면 그는 누군가가 확신을 갖고 결정을 내려 주길 원하고 있는지도 몰랐다.

## 서울, 세종로 K빌딩 5층

"실장님, 아무래도 국방부의 움직임이 심상치 않습니다. 어제 육군참모총장이 정읍 육군 화력시험장에 내려갔다는 첩보입니다."

"그때 참모총장이 만난 사람은 아직 파악이 안 됐나요?"

"네. 차량번호 조회도 되지 않고 있습니다."

"참모총장을 밀착 감시하도록 하세요. 그자를 쫓다 보면 뭐가 나와도 나올 겁니다. 아무래도 한국이 뭔가를 꾸미고 있는 것 같습니다."

"알겠습니다. 실장님."


"최 팀장님, 저 이철호 박사입니다."

"네. 박사님, 안 그래도 제가 지금 박사님 연구실로 가고 있습니다. 오늘 저와 함께 남양 연구소로 가보시죠. 말씀하셨던 그 기술에 대해서 제가 아는 H-K 자동차 기술연구소 수석연구원과 한번 만나보시면 좋은 일이 있을 거 같습니다."

"알겠습니다. 그럼 기다리고 있겠습니다."


"최 팀장님, 오랜만입니다. 지금 바로 연구소로 갈 수 있겠습니까?"

"이철호 박사님 성격 급하신 건 여전하시네요. 아마 가시면 놀라실 겁니다."


## 화성,
## 남양 H-K 자동차 연구소


"자, 이쪽은 우성현 수석연구원입니다."

"반갑습니다. 이철호 박사님."

"네, 이철호입니다."

"박사님 성격이 엄청 급하시다고 들었습니다."

"이 친구가 쓸데없는 말을 다하고 다니는구먼."

"바로 본론부터 말씀드리겠습니다. 최대한 빠른 시간에 수백억에서 수천억 볼트를 저장할 수 있는 축전기는 현재 저희 회사의 기술력으로도 가능할 거 같습니다. 다만 문제는 크기입니다. 어디에 사용하시려는지 여쭤봐도 되겠습니까?"

"저 그게 국가안보와 관련된 것이라 말씀드리기는 곤란합니다. 현재 기술력으로 만든다면 크기는 어느 정도입니까?"

"지금은 교실 하나 정도의 크기입니다."

"더 작게 할 수는 없습니까?"

"가능합니다. 다만 그러기 위해서는 초기 전자기 펄스를 수천만 암페어의 강한 전자기 펄스로 압축하는 플럭스압축장치(FCG) 기술이 필요합니다. 그 기술이 있어야 축전지의 크기를 최소화 할 수 있으며 충전하는 시간도 기하급수적으로 줄일 수가 있습니다. 하지만 걱정하지 마십시오. 지금 저희 연구소에서 그 기술을 개발 중입니다."

우성현 수석연구원이 말을 이었다.

"곧 기술개발이 완료될 겁니다. 지금 각국은 소형 전기자동차를 충전해서 쓰는 방식으로 개발하고 있지만 우리 회사는 한발 앞서 한번 출고될 때 폐차될 때까지 쓸 수 있는 전기량을 충전한 자동차를 개발할 겁니다. 거기에 이 기술을 응용해서 작은 축전지에 수백억 볼트의 전기량을 충전할 수 있게 되는 것입니다."

"고맙소. 이 문제만 해결된다면 백두산은 그야말로 천하무적이 될 겁니다."

"네? 백두산이요?"

"아, 아닙니다." 이철호 박사는 너무 들뜬 나머지 그만 백두산을 입 밖으로 꺼내고 말았다.

"근데, 교수님 혹시 저 모르시겠어요. 학부 시절 교수님 수업을 여러 번 들었거든요. 하긴 교수님은 그 어려운 전자공학도 아주 쉽게 강의하셔서 늘 수강이 조기 마감되었죠. 그래서 저는 겨우 청강만 했습니다. 이제야 그 빚을 조금이라도 갚는 거 같네요."

"내 제자 중에 이렇게 훌륭한 분이 있다는 게 자랑스럽습니다."

"과찬이십니다. 이 기술이 완성되는 대로 알려 드릴 테니 회사 측과 기술사용에 대해서 협의해 보세요. 국가 과학기술자이시니까 더 잘 아시겠지만 발표가 나기 전까지는 보안 유지해 주시고요."

"알겠네. 내 자네에게 피해가 가지 않도록 할 걸세."


## 서울, 세종로 K빌딩

"실장님 최근에 참모총장과 정읍에 같이 내려간 사람은 한국대학교 전자공학과 교수인 이철호 박사입니다."

"그래요? 이철호 박사라면 대한민국 국가 과학기술자 아닌가요?"

"맞습니다."

"이철호 박사의 행적에 대해서는 더 알아보신 게 있나요?"

"네. 이철호 박사는 대한민국임시정부의 군무총장을 지낸 이동휘의 손자입니다. 최근 H-K 자동차 화성 남양 연구소를 방문하여 전기자동차 개발 수석연구원을 만났습니다."

"우리 측에서 미리 심어둔 스파이 얘기로는 플럭스압축장치 얘기를 나누었다고 합니다. 극초단파, 전자기파, 수백억 볼트의 전기량 대충 이런 얘기를 나누었다고 합니다. 뭐 본인 전공이니 연구에 대해서 상의하러 간 게 아니겠습니까?"

잠시 생각하던 한지희 실장은 탁상을 내리치며 일어섰다. 바로 그거군. 실장은 일어난 채로 말을 이었다.

"남한이 자주국방을 위해 은밀히 추진하던 프로젝트, 바로 그거였어."

"지금 즉시 정읍으로 내려가서 내장산 주변에 전자파가 흘러나온 흔적이 있는지 조사해 보세요. 일반적인 전자파 측정 검측기로는 전류 감측이 힘들 겁니다. 전자파 감소장치를 가지고 가세요. 미세한 전자파에도 전자파를 감소시키기 위해 브러쉬가 반응할 겁니다."

"알겠습니다. 지금 즉시 다녀오겠습니다."


"한지희 실장은 모르는 게 없어. 나이도 어린 데. 우리 조카뻘도 안 되겠구먼."

"아, 하버드를 수석으로 졸업했다고 하지 않는가?"

"국무부에서도 스카우트하려고 난리였다지. 그러니 저 어린 나이에 책임자 자리를 맡은 게지."

"좀 더 속도를 내. 또 꾸물거렸다간 불호령이 떨어질 걸세."

"알았네. 너무 몰아붙이지 말게나."

두 사람은 내장산으로 숨어들어 정읍 화력시험장 주변까지 접근했다.

"자네는 어떤가? 브러쉬가 반응하는가?"

"아닐세. 내 것도 아직 아무런 반응이 없어."

"저기 더 밑으로 한번 가보세. 여기서는 힘들겠어."

"더 밑으로 갔다간 초병과 마주칠지도 모르네. 괜한 불상사 일으키지 말고 그만 가세나."

"어차피 실장님이 현장 확인을 할 것도 아니고."

"물론 그렇기는 하네만, 자네 실장님 성격 몰라서 그러는가, 두 번 일하지 말고 이왕 온 거 저기까지만 내려가 보세나."

"알았네."

"저리 좀 더 가보세. 조심하게. 곳곳에 감시초소가 있어."

"여기를 좀 보게. 브러쉬가 미세하게 움직이고 있어."

"누구냐? 화랑."

초병이 암구호를 나지막하게 외쳤다.

"움직이지 마. 움직이면 쏜다. 여기는 군사시설보호구역이다."

순식간에 날아든 검이 초병의 가슴팍을 정확히 관통했다. 초병은 외마디 비명도 지르지 못한 채 그 자리에 꼬꾸라졌다.

"야, 빨리 뜨자."

"잠깐 칼은 뽑아가야지. 칼을 보면 우리가 한 짓이라는 걸 금방 알아챌 거야. 그리고 일단 저쪽으로 옮기자."


## 정읍, 육군 화력시험장
## 내장산 주변 제4초소

"아, 이 새끼는 왜 아직 안 오는 거야. 교대시간 다 됐는데."

"충성."

"왜 혼자야."

"그게 이 상병이 잠깐 화장실 좀 간다고 간 게 아직…"

"뭐야, 이 새끼야. 그게 언제야."

"한 1시간 정도 됐습니다."

"야, 왜 그걸 이제 말하는 거야. 빨리 초소장님한테 무전치고 이 상병 찾아봐."

"혹시 이 새끼 탈영한 거 아닐까요?"

"야, 너는 항상 2인 1조로 이동하는 근무수칙도 몰라. 그리고 초소병이 10분 넘게 안 돌아오면 초소장에게 알렸어야지."

"초소장님 분대장입니다. 이 상병이 없어졌습니다."

"뭐라고?"

순간 초소장의 주먹이 분대장의 얼굴로 날아들었다.

"탈영 가능성은?"

"탈영 같지는 않습니다. 성실하고 최근에 면담했을 때만 해도 별문제가 없었습니다. 더욱이 홀어미에 대한 애정이 각별해서 아마 그런 일은 하지 않으리라고 판단됩니다."

분대장은 상체를 얼른 추스르고 또박또박 대답했다.

"빨리 전 대원 소집하고 수색해. 젠장, 후방에서 무슨 일이야."

"초소장님 지금은 너무 어두워서 수색이 어렵습니다. 우선 상부에 보고하고 날이 밝는 대로 다시 찾아보시는 게 어떻습니까."

다시 한 번 초소장의 주먹이 분대장의 가슴으로 날아들자, 분대장은 그 자리에서 중심을 잃고 쓰러졌다.

"야, 이 새끼야, 그걸 말이라고 해."


"대대장님, 이초록 상병이 근무 도중 행방이 불명합니다. 분대장과 초소장 말로는 탈영할 병사는 아니라고 합니다."

"그럼 사고라도 일어났다는 말이야? 날 밝는 대로 최소한의 근무병만 남기고 모두 수색에 투입시켜. 이런 젠장, 조금 있으면 인사철인데. 하필 이럴 때 사고가 터지냔 말이야. 꼴도 보기 싫으니까 다 나가서 찾아봐."

"분대장님, 저 잠깐 소변 좀 보고 오겠습니다."

"빨리 갔다 와."

"이 새끼는 어딜 갔길래 이 추운 날 뺑이 치게 만드는 거야. 아, 추워. 어 저게 뭐야. 전투화 같은데."

"분대장님, 여깁니다. 여기."

이초록 상병은 부대 인근 하천 배수구에서 사체로 발견되었다.

"빨리 의무관한테 연락하고, 일단 부대로 옮기자."

"예리한 칼에 순식간에 제압당한 거 같습니다. 이거 프로솜씨가 분명합니다."

특전사 출신인 초소장의 보고였다. 그는 이초록 상병의 사체를 보며 말했다.

"뭐야, 그럼 간첩이라도 넘어왔다는 거야?"

"상처의 깊이로 봐서 적어도 8~10m 거리에서 던진 거 같습니다. 가속도가 붙어서 심장을 깊이 관통했습니다. 간첩일지도 모르니 기무사에 연락하는 게 좋을 거 같습니다."

"알겠네."

대대장은 특전사 출신의 초소장의 무게 실린 목소리에 눌려 황급히 수화기를 돌리고 있었다. 검시소로 옮겨진 이초록 상병을 검시관이 부검하기 시작했다.

"검시관, 아주 세밀하게 부검해봐."

"네. 초소장님."

"아, 이거 어째 기분이 찜찜한데."


## 서울, 세종로 K빌딩

"한지희 실장님이 말씀하신 대로 정읍 육군 화력시험장 주변에서 잔류 전자파가 감지되었습니다."

"여기 검측기록계입니다."

"고생하셨습니다. 눈치챈 사람은 없겠죠?"

"죄송합니다. 느닷없이 초병이 나타나는 바람에 그만…"

"저들이 수사에 착수하지 않도록 잘 처리하세요."

"네. 실장님."


"국장님, 저 한지희입니다."

"지희 씨 오랜만이군요. 이렇게 직접 전화를 한 걸 보니 중요한 얘기인가 보군요."

"통신보안 1등급인 코드레드로 해주십시오."

"알겠네. 전환했으니 얘기해 보시게."

"지금 한국이 E-기술을 개발한 것 같습니다."

"확실한가?"

"네. 이미 물증도 확보했습니다. 무슨 조치를 취해야 할 거 같습니다. 그 기술은 국가안보를 위협할 정도로 위력이 대단하다고 알고 있습니다."

"맞네. 그 기술은 우리 항공모함도 순식간에 무용지물로 만들 수가 있지. 알겠네. 내가 알아서 조치할 테니 다음 지시가 있을 때까지 대기하도록."

"네. 국장님."

조지 테닛 국장은 한지희 실장과 통화를 마치고 수화기를 내렸다. 이윽고 그는 다시 수화기를 들었다.

"국방부 장관님, 한국이 E-기술을 개발한 것 같다는 첩보입니다."

"그게 사실이라면 동북아의 균형이 깨질지도 모르는 일이 아니오. 그럼 어떻게 하면 좋겠소?"

"일단 이철호 박사는 제거하도록 하겠습니다. 그다음은 그동안 계획한 대로 진행하도록 하겠습니다."

미국의 자존심에 상처를 내는 아시아의 작은 나라 북한. 미국은 작은 나라 북한을 마음대로 손보기 위해서는 중국의 손발부터 묶어야 했다. 곧 있으면 한반도에 싸드가 배치될 것이다. 분명 중국도 미국을 견제하기 위해 북한을 노리고 있을 것이다. 북한을 누가 선점하느냐에 따라 아시아의 주인이 결정될 터였다. 북한을 노리고 있을 것이다.

## 서울 서초구 내곡동,
## 국정원 본원

"최준 팀장님, 기무사에서 연락이 왔는데 어제 정읍 화력시험장에서 병사 한 명이 살해된 채로 발견되었다고 합니다."

"어제? 범인은?"

"근데 그게 오늘 아침 바로 범인이 자수해 왔다고 합니다."

"그럼 됐잖아."

"그게 이상합니다. 개인적 원한이라고 하는데, 아무리 그래도 어떤 미친놈이 군부대까지 들어가서 복수를 한단 말입니까? 그리고 같이 근무한 소대원들의 말을 들어보면 이초록 병사가 원한 같은 걸 살 성품이 아니라고 합니다. 군의관 말로는 전문가 솜씨라고 하던데. 자수한 사람 외모는 전혀 그렇지도 않고요. 기록도 아주 깨끗합니다."

"범인과 피해자하고의 관계는?"

"죽은 사람은 말이 없으니 서로 관계가 있는지는 더 조사해 봐야 알거 같습니다. 일단 고향은 부산으로 같아요."

"주변 CCTV는 조사해 봤어?"

"그게 한적한 시간이라 차량은 몇 대 안 지나갔는데 그중 한 대가 번호판 인식이 안 됩니다. 왜 과속카메라에 단속 안 당하려고 뿌리는 약품 있잖아요. 뭐 그런 걸 뿌린 거 같더라고요."

"근데 기무사에서는 왜 연락한 거야?"

"아무래도 간첩사건이 아닌가 해서 공조수사를 원하고 있습니다."

"간첩이 무슨 사병을 죽인다고. 알았어. 차장님한테 보고드릴 테니까 그만 나가 봐."

최준 팀장은 말은 그렇게 했지만 정읍 살인사건 얘기를 듣는 순간 가슴이 덜컹했다. 어쩌면 이번 사건이 쿠데타 음모와 관련이 있을지도 모른다는 직감이 들었기 때문이다. 하지만 정황만 가지고 수사팀을 꾸리기는 힘든 터였다.

최준 팀장은 곧바로 김우찬 과장을 불렀다. 제일 믿을 수 있는 후배였다.

"지금부터 잘 들어. 최준은 우찬에게 정읍 살인사건을 설명했다. 이 사건은 간첩사건일 수도 있고 아닐 수도 있어 하지만 수사는 우리가 해야 돼. 그러니까 은밀하게 조사를 시작해. 때가 되면 정식으로 수사팀을 꾸려서 조사할 거야. 너와 내가 조사하면서 알게 되는 모든 사실은 나 이외에는 절대로 누구한테도 말하면 안 돼."

"알았어요. 팀장님. 이거 시작부터 겁나는 데요."

"그리고 가서 CCTV 자료부터 입수해와. 나는 정읍으로 가서 군의관을 만나야겠어."

"알겠습니다. 팀장님."

"그럼 내일 보자."

최준은 호남고속도로를 달려 정읍 IC를 나와 정읍 화력시험장으로 향했다.

"오셨습니까?"

최준은 당직 장교의 안내를 받아 시체안치실로 향했다.

"여기서 조금만 기다리시면 부검군의관이 올 겁니다."

"알겠습니다."

문밖에서 투박한 전투화 소리가 들렸다.

"오래 기다리게 해서 죄송합니다."

"반갑습니다. 국정원에서 나온 최준 팀장입니다."

"네. 변필규 소위입니다."

"그래 부검결과는 어떻습니까?"

"아주 예리한 칼에 맞았습니다. 누가 봐도 전문가 솜씨라고 할 정도입니다."

"근데 왜 상처가 세 군데죠? 세 번 찔린 건가요?"

"저도 그게 상처의 상태를 봐서는 동시에 찔린 게 확실한데, 저도 그런 단검이 있는지는 모르겠습니다만, 왜 그런 거 있지 않습니까? 삼지창 같은 거, 그리고 다른 단검과는 다르게 검의 폭이 좁은 게 특징입니다."

검의 폭이 좁아야 마찰을 적게 받아 몸 깊숙이 들어갈 것이다. 아마 주변의 2개는 혹시 급소를 피해갈 경우를 대비해 만든 확인용일 터다. 군의관의 말을 듣고 머릿속이 복잡해진 최준은 무거운 마음으로 사무실로 들어섰다. 늦은 시간이었지만 김우찬 과장이 아직 남아 있었다.

"뭐 좀 건지셨어요?"

"아니. 우찬아, 너 이 사진 분석팀으로 보내서 혹시 특전사 중에 이런 상처를 낼 수 있는 삼지창 같은 단검 쓰는 부대 있는지 알아봐. 그리고 미국 특수부대 쪽도. 참, CCTV는 어떻게 됐어?"

"저도 몇 시간 째 보다가 분석팀으로 보냈어요. 특수카메라로 이리저리 돌려봐도 번호판 확인은 힘들 거 같아요. 번호판을 확인한다고 해도, 대포차일 수도 있고요. 차에는 최소 2명이 탄 건 확실해요. 앞 좌석에 두 명이 있었으니."

"알았어. 어디서부터 실마리를 풀어야 할지 모르겠군. 우찬아, 지금 서울경찰청에 전화해서 서울IC CCTV 확보해 놔. 분명 서울로 왔을 거야. 간첩이든 아니든 분명 첩보를 입수하고 내려간 게 틀림없어. 그렇다면 그들의 아지트도 분명 서울일 거야. 사망추정시간이 새벽 2시, 정읍에서 올라왔으니까, 새벽 5시부터 7시 사이에 비슷한 차량 찾아보고 그 노선대에 있는 CCTV 전부 확인해봐."

"알았어요. 선배."


## 서울, 세종로 K빌딩

"명령이 떨어졌습니다. 최대한 빨리 이철호 박사를 제거하고 물건을 확보해야 합니다."

"알겠습니다. 한지희 실장님."

"이철호 박사님, 어디로 모실까요?"

"화성에 있는 H-K 자동차 연구소로 가주시겠습니까? 근데 이거 매번 저 때문에 고생이시군요."

"아닙니다. 박사님께서 나라를 위해 큰일을 하시는데 당연히 저희가 신변을 책임져야죠. 용인- 서울 간 고속도로로 가면 시간이 많이 단축될 거 같습니다."

"출발해, 지금부터 차량 통제할 테니까 터널에서 끝장내. 그리고 박사가 가지고 있는 가방을 건네줘. 너는 금방 꺼내 줄 거야."

"알겠습니다."

"저 차 왜 저래, 어어…"

쾅하고 부딪치는 소리가 이어졌다.


"찾았습니다."

"이리 주게. 그리고 절대 조직을 잊지 말게. 자네가 조직을 버리지 않는 한 조직도 절대 자네를 버리지 않을 걸세."

"네. 명심하겠습니다."

따르릉, 따르릉. 이른 아침부터 최준의 고막을 심하게 진동시키는 전화기 소리가 심상치 않았다.

"네. 최준입니다."

"팀장님, 저 우찬입니다."

"어, 아침부터 무슨 일이야?"

"팀장님, 이철호 박사님이 중태입니다."

"뭐라고? 박사님이?"

이제 그들이 본격적으로 움직이기 시작한 것인가. 최준 팀장은 우찬의 말에 놀랄 수밖에 없었다.

"교통사고예요. 동승한 요원들은 그 자리에서 즉사하고, 박사님도 지금 수술을 받았는데 의식이 없습니다."

"알았어. 어디 병원이야?"

"한국대 병원입니다."

"어떻게 된 거야?"

"오늘 새벽 박사님이 화성 H-K자동차 연구소로 가는 길에 음주 차량한테 정면으로 받쳤어요. 근데 이 녀석 혈중알코올농도가 0.15%인데 정신이 말짱해요. 전혀 술 취한 거 같지가 않아요."

"사고 후 놀라서 술이 깼을 수도 있잖아."

"물론 그럴 수도 있는데 이건 너무 멀쩡하더라고요."

"만나보고 오는 길이야?"

"네. 팀장님도 만나보시려면 지금 가보셔야 돼요."

"그건 또 무슨 소리야?"

"녀석이 미국 국적이라, 미 대사관에서 신병 인도를 요구하고 있고 또 음주운전 사고가 원래 그렇잖아요. 종합보험도 다 들어 있고, 신변도 확실해서 아마 오후에 풀려날 거예요."

"이런 제기랄, 어디야?"

"화성동부경찰서 교통조사과에 있어요."

"일단 터널 안에 CCTV 사본 먼저 확보해 놓고."

"벌써 해 놨습니다. 선배님. 저도 이제 입사 10년 차입니다. 그 정도는 말씀 안 하셔도 다 알아서 합니다."

"아침부터 빈정거릴래?"

"어서 다녀오십시오."


## 화성경찰서


"어서 오세요. 최준 팀장님 2시간 후에 풀어줘야 하니 빨리 좀 끝내 주세요. 미국대사관에서 빨리 풀어주라고 난리에요."

"일단 터널 CCTV 먼저 좀 볼 수 있을까요?"

"네. 여기 있습니다."

"손쓸 틈도 없이 순식간에 들이받았군. 역시 CIA 짓인가?"

"근데 미국에서 유학까지 하신 분이 왜 트럭을 운전하신 거죠?"

"유학은 갔다 왔는데 뭐 딱히 일자리도 못 구하고 해서 뭐라도 해 보려고 몇 달 전에 구입했습니다."

"술을 많이 드셨다고 들었는데 사고 후에 당신 행동은 전혀 술 취한 사람 같지가 않던데?"

"글쎄요. 사고 후 많이 놀라 순간 정신이 확 들었나 봅니다."

"차에서 내려서 뭘 한 거죠? 뭘 찾고 계시는 거 같던데."

"아니요. 그 상황에서 찾긴 뭘 찾겠습니까? 어떻게든 구조할 생각에 차로 달려간 거죠."

"뭐야, 이 자식이."

최준이 피의자의 멱살을 잡고 금방이라도 한 대 갈길 기세를 취하자, 밖에서 보고 있던 경찰이 뛰어들어와 최준을 떼어내기 시작했다.

"이러시면 안 됩니다. 자, 당신도 이제 나가보세요. 추가 조사할 사항이 있으면 연락할 테니까 전화 잘 받으세요."

최준은 분을 삭이지 못했는지 탁자를 힘껏 내리쳤다. 연기 때문에 자세하지는 않지만 분명 녀석은 뭔가를 꺼낸 것이 분명하기 때문이었다. 최준은 현장으로 차를 몰았다. 현장에는 아직도 경찰관 몇 명이 남아서 현장통제 및 조사를 하고 있었다.

"누구시죠? 여기 들어오시면 안 됩니다."

"국정원에서 나왔습니다."

최준은 사고현장 옆의 비상구를 열어 밖으로 나갔다. 비탈 아래로 기흥저수지가 보였다. 그래, 녀석이 물건을 여기 비상구에 서 있었던 제3의 인물에게 넘기고 그 인물은 이쪽으로 유유히 사라졌겠지 하는 생각이 최준의 머릿속을 스쳤다.

설마 하는 마음에 최준은 황급히 휴대폰을 꺼내 우찬에게 전화를 걸었다.

"우찬아?"

"네. 팀장님."

"야, 지금 즉시 이 박사님 연구실로 가봐."

"안 그래도 벌써 와 있는데 팀장님 예상대로 이미 털렸어요. 누군가 노트북하고 연구자료들을 빼내 간 거 같아요. 일단 사무실로 오세요."

"알았어." 생각보다 놈들의 움직임이 빠르다. 어쩌면 우리가 생각하고 있는 것보다 더 강한 놈들일 거라는 생각에 최준은 본능적으로 두려움을 느꼈다.


"팀장님, 정읍 육군 화력시험장 이초록 상병 살인사건 분석자료가 나왔는데요."

"말해봐."

"팀장님의 예상대로 그 차량은 서울로 진입해서 분당-내곡 간 고속도로를 타고, 잠실로 진입 후 사라졌어요. 일부러 CCTV를 피해서 다른 루트를 통해 아지트로 들어간 거 같아요. 그리고 그 단검은 미국 내 특수부대에서는 사용하지 않더라고요."

"그럼 도대체 이틀 동안 알아낸 게 뭐야?"

"제 친구 중에 프랑스 외인부대에 있었던 놈이 있어서 물어봤는데 중국군 정보기관이나, 특수부대에서 쓰는 놈이 있다고 하더라고요. 자기 외인부대 있을 때 중국놈이 쓰는 걸 봤다고."

"믿을 만해?"

"그럼요. 저도 정보기관 짬밥만 10년째입니다."

"그래. 이거 점점 더 꼬여 가는데. 미국이 아니라 그럼 중국이야? 중국이 우리나라에서 그 정도로 자유롭게 활동하고 다닌단 말이야. 그럼 그 미국 국적 놈은 뭐야, 정말 음주 사고일까? 아니면 혼선을 주려고 일부러 그런 건가."

그리고 그들이 빼돌린 자료는 도대체 뭐지. 점점 더 미궁 속으로 빠져드는 사건의 실마리를 찾기 위해 최준은 조용히 눈을 감았다.

"최준 팀장님, 김호영 1 차장님 호출입니다."

"갑자기 웬 호출이지? 일단 올라갔다 올게."


"그래 수사에는 진전이 좀 있나?"

"네? 무슨 말씀이신지?"

"자네가 정읍사건을 내사하고 있는 걸 알고 있네. 이번 사건 정식으로 팀 꾸려서 조사해. 그리고 뭐 좀 알아낸 게 있나?"

"그게, 아직 오리무중입니다."

도구로 사용된 단검 하나로 배후를 중국이라고 말 할만한 상황도 아니었던 탓에 최준 팀장은 말을 아꼈다.

"좀 더 조사가 필요합니다. 오늘 교통사고 피의자를 본사로 불러서 좀 더 조사를 했으면 합니다."

"미국대사관에서 알면 난리를 칠 텐데."

"이건 그냥 교통사고가 아니고 국가과학자 살인미수사건입니다. 우리 국정원에서 조사할 명분이 충분합니다. 그리고 우리 요원도 죽었고요."

"알았어. 막아 볼 테니까 하루 안에 끝내."

"감사합니다. 차장님."

"우찬아, 지금 가서 그 자식 잡아와."

"누구요?"

"야, 정보기관 짬밥 10년 째라며 이 박사님 사건 피의자, 잡아오라고."

"괜찮을까요?"

"야, 언제부터 이렇게 토를 달았어. 빨리 안 갔다 와?"

"알겠습니다."


## 서울, 세종로 K빌딩


"물건은 확보됐나요?"

"네. 여기 있습니다."

"지도는요?"

"죄송합니다. 지도는 없었습니다."

"알았어요."

"실장님, 이제 본토로 넘어가실 겁니까?"

"글쎄요. 국장님의 연락을 기다려야겠지요."

"국장님, 저 한지희입니다."

"그래. 물건은 확보됐겠지?"

"네. 국장님. 그런데 지도는 없었습니다. 아무래도 이철호 박사가 가지고 있지 않은 거 같습니다."

"그럴 리가 없네. 계속 찾아보게. 분명 한국에 있을 거야."

"네. 국장님. 나머지 물건은 제가 직접 운반하겠습니다."

"아닐세, 사람을 보낼 테니까 전해주기만 하면 되네. 자네가 너무 움직이면 눈치챌 걸세."

"알겠습니다. 그럼 접선장소로 나가도록 하겠습니다."

"그리고 조만간 한국 사무실도 정리하도록 해. 한국 속담에도 꼬리가 길면 밟힌다고 하지 않나."

"네. 국장님."

## 서울, 잠실동

"젠장. 팀장님, 한발 늦었습니다. 벌써 누군가에 의해 피살됐습니다."

"뭐라고?"

"그리고 일이 점점 더 꼬여 가는 거 같습니다. 지금 여기 CIA한국지부 녀석들이 와 있어요. 저희는 들어가지도 못하고 있습니다. 미국 시민이 죽었다나, 어쨌다나 하면서 발도 못 붙이게 하고 있습니다."

"그놈들이 어떻게 알고 왔지?"

"아마 그 녀석도 신변에 위험을 느꼈는지 미 대사관에 신변보호 요청을 한 거 같아요. 그래서 미 대사관 직원들이 와 있었고요. 살인사건에 대사관 직원들이라면 뻔하잖아요. CIA 녀석들이겠지요."

"여긴 한국이야. 미국이 아니라고. 경찰청 협조 받아서 밀어붙여."

"알겠습니다. 팀장님."

최준은 정교하게 짜여진 판에 빠져드는 느낌을 떨칠 수가 없었다. 나오려고 허우적댈수록 더욱더 깊게 빠져드는 늪에 빠진 느낌이었다.

## 서울 서초구 내곡동,
## 국정원 본원

"어떻게 됐어?"

"외교 문제라면서 어쩌고저쩌고하길래, 한 판 붙었죠, 뭐."

"뭐 좀 건졌어?"

"달랑 이 사진 한 장 건졌어요. 미국 유학 시절에 찍은 사진 같은데. 옆에 있는 여자는 한국사람 같아요. 뒤에 제 인이라고 쓰여 있네요."

"일단 하버드에 졸업자 명단 확인하고, 인터폴에 연락해서 신원조회 해봐. 이놈 이름이 뭐였지?"

"앤더슨입니다."

"그래, 앤더슨 계좌 추적해 보고, 신용카드 중 교통요금 사용기록 조회해서 한 달 새 가장 많이 내린 지하철역이 어딘지 알아봐."

"네. 팀장님."

"근데 팀장님, 이철호 박사도 최근에 정읍을 다녀왔던데요. 이초록 병사 죽기 전날에 육군참모총장하고요."

"그래? 역시 이번 사건은 그냥 단순 교통사고가 아니야. 도대체 뭘 연구하고 있었던 거지. 분명 공식적인 루트로 연구하는 건 아닐거야. 최근 국립과학연구소 연구기록 중 미국이나 중국이 관심 가질만한 사항은 없었어."

최준 팀장은 분명 최근에 이철호 박사가 누구의 지시로 뭔가 중요한 연구를 한 것이 틀림없다고 생각했다.

"우찬아, 최근에 이철호 박사가 누구 만났는지 경호팀에 알아봐."

"팀장님. 근데 그게 국가요인은 누굴 만났는지조차 1급 보안사항이라…."

"어떻게든 알아봐."

"알겠습니다."


## 서울 세종로, K빌딩


"부장동지, 아무래도 제가 직접 가지고 들어가기는 힘들 것 같습니다. 본토에서 직접 사람이 온다고 합니다."

"접선 장소는?"

"군산항에서 출발해서 서해 경도 7도 30분, 위도 37도 28분 지점에서 만나기로 했습니다."

"알겠네. 자네는 지시대로 물건을 전해주게. 나머지는 무력부에서 알아서 할 걸세."

"네. 부장동지."

"그리고 자네도 그만 넘어오도록 하게. 이미 조직에서 자네를 의심하는 사람이 있을 걸세."

"네. 알겠습니다. 이 일만 마무리하고 최대한 빨리 넘어가도록 하겠습니다."


"자, 우리의 임무는 끝났으니 곧 철수할 겁니다. 준비들 해주세요."

"네. 실장님. 이미 준비는 다 끝났습니다. 물건만 싣고 떠나면 됩니다."

"그래요. 그럼 접선장소로 이동하시죠."

## 서울 서초구 내곡동,
## 국정원 본원

"팀장님."

"어 우찬아, 뭐 좀 알아냈어?"

"이 녀석 계좌가 깨끗하던데요. 타인으로부터 이체받거나 한 사실이 없어요. 근데 더 이상한 거는 국내에서 송금기록이 없는데도 그 비싼 학비를 꼬박꼬박 냈더라고요. 미국지부에서 탐문수사를 했는데 아르바이트 뭐 이런 것도 하질 않았어요."

"신용카드 사용 내역은 알아봤어?"

"네. 최근 3개월 동안 광화문역을 제일 많이 간 것으로 나오는 데요."

"그래, 우찬아 일단 광화문 근처에 임대된 사무실 중에 수상한 곳부터 찾아봐."

"안 그래도 벌써 찾아봤습니다. 글로벌 상사라고 중국생활용품 수입 업체로 되어 있는데 최근에 매출실적이 전혀 없어요. 임대한 사람도 중국계 사업가인데 한국 방문 기록이 없고요."

"그래. 빨리 출동준비하고. 일단 종로경찰서에 전화해서 그 주변 감시하라고 하고, CCTV에 찍힌 차량 전송해서 확보하라고 해. 우리가 갈 때까지 덮치지 말라고 하고."

"네. 팀장님."

"그리고 그 사진, 제인이라고 했나?"

"네. 팀장님."

"신원조회 해봤어?"

"하버드 출신은 아니고요. 본명도 아닌 거 같습니다."

"하긴, 한국계 미국인 중에 반은 제인이라는 이름을 쓸 걸. 일단 계속해서 찾아봐."

"팀장님. 출동준비 끝났습니다."


## 종로경찰서 외사과


"어떻게 됐습니까?"

"일단 현장에서 철수한 거로 보입니다. 지금 저희 직원이 미행 중입니다. 지금 서부간선도로를 타고 있습니다."

"어, 김 수사관. 그래 계속해서 연락하고 들키지 않게 조심해."

"우찬아, 일단 가자. 이 과장님, 같이 가시죠. 여기서 놓치면 끝입니다."

"알겠습니다."


"이 과장님, 저 김 수사관입니다. 지금 서해안 고속도로를 타고 미행 중입니다."

"그래. 알았어. 목적지에 도착하면 연락하고."

"네. 과장님."


"지금 서해안 고속도로를 타고 있답니다."

최준은 혹시 수사관들이 놓치면 어떡하나 하는 생각에 안절부절못했다. 이를 눈치챈 외사과장이 말을 꺼냈다.

"너무 걱정하지 마십시오. 최준 팀장님."

"그래도 우리 외사과에서는 베테랑들입니다. 마약 밀반입도 여러 번 잡았고요."

"네. 알겠습니다."

그러나 그들은 고도로 훈련된 놈들이다. 노출되면 수사관들의 안전도 담보할 수 없다는 걸 최준은 잘 알고 있었다. 더욱이 이번 작전이 실패할 경우 사건은 더욱더 미궁 속으로 빠져들 것만 같았다.

## 군산항

"일단 여기서 대기하고 밤 12시가 넘으면 고깃배를 타고 출항할 겁니다. 그때까지 좀 쉬세요."

"그다음은 어떻게 합니까?"

"일단 접선장소에서 마이클을 만나서 본토로 들어가세요."

"실장님은요?"

"저는 남아서 할 일이 있습니다."

## 군산 해양경찰서

"저들이 몇 명인지 파악됐나요?"

최준은 현장에 도착하자마자 지원요청을 받고 현장에 먼저 도착한 군산 해양경찰서 소속의 경관에게 다급하게 물었다.

"5명인 거 같습니다. 아무래도 저들이 밀항을 시도하는 거 같습니다. 출항해서 영해를 넘으면 일이 복잡해집니다. 지금 잡으시죠."

"안됩니다. 그럼 사건의 실체를 파헤치기가 힘들어요."

"팀장님. 그래도 일단은 박사님의 연구성과를 확보하는 게 중요하지 않을까요?"

"그것도 중요하지만 저들의 배후가 누군지를 알아내는 게 더 중요해. 이철호 박사님이 누구의 지시를 받아 연구했고, 그걸 빼돌린 자들은 누구인지. 아마도 박사님이라면 중요한 연구성과 사본을 따로 보관하거나 누구에게 맡겼을 가능성이 커."

최준의 단호한 표정에 우찬은 더이상 말을 잇지 못했다.

"일단 동원 가능한 경비정을 최대한 동원해 주십시오."

"알겠습니다."

"자, 준비합시다."


## 접선장소

"이 경위도 좌표로 가주세요."

"여기는 접경구역이라 해경들의 감시가 심한데요."

선장의 말에 한 사내가 알았다는 듯이 검은색 가방을 던졌다.

"당신 목숨 값으로는 충분할 테니 빨리 갑시다."

"알겠습니다."

선장은 미묘한 미소를 지으며, 엔진에 시동을 걸었다. 선장은 중국의 청부업자들을 한국에 여러 번 데려와 큰돈을 벌었다. 밀항으로 들어와 살인을 저지르고 다시 중국으로 돌아가면 그 살인사건은 해결할 방도가 없었다. 선장은 이번 접선도 그런 종류 중 하나로 생각하고 배를 몰았다.

"말씀하신 경위도 좌표입니다. 빨리 끝내주셔야 합니다. 여기는 30분 간격으로 순찰도는 곳이라."

"저깁니다. 저기 검은색 보트가 보입니다."

어느새 다가왔는지 특수부대에서 사용하는 모터보트 한 대가 와 있었다.

"자, 덮치세요!"

상대방이 나타나자 최준이 외쳤다.

"우리는 해경이다. 너희를 불법 밀항으로 체포한다."

사이렌 소리와 함께 경고 방송이 이어졌다. 방송이 채 끝나기도 전에 모터보트에 장착된 기관총이 해경 경비정에 총알 세례를 퍼부었다. 해양경비정의 기관총에서도 불을 뿜고, 잠깐의 총격전으로 인해 고무보트와 어선이 가라앉고 있었다.

"팀장님, 괜찮으세요?"

"괜찮아, 가방은?"

"가서 꺼내와."

"안됩니다. 너무 위험합니다. 그리고 지금 철수해야 합니다. 이 경정님 총상이 깊습니다. 그리고 너무 어둡고, 파도도 거세서 불가능합니다. 일단 철수해야 합니다."

"안돼!"

최준은 외마디 비명을 지르고는 천천히 의식을 잃었다.

## 국립경찰병원

"정신이 좀 드세요?"

"우찬아, 어떻게 된 거야?"

"그날 팀장님은 총상을 입고 기절하셨어요. 운이 좋으셨죠. 이 경정님은 끝내 돌아가셨어요."

"가방은?"

"다음날 UDT 협조를 받아서 어선에 대한 수색작업을 펼쳤지만 못 찾았습니다. 아무래도 파도에 휩쓸려서 떠내려간 듯합니다."

"그들의 정체는?"

"밝히지 못했습니다. 전원 사망한 거 같은데 시신을 확보할 수가 없었습니다. 그때 얼핏 보기로는 중국 애들 같았습니다."

"사무실에서 나온 거는 없어?"

"그게 모든 명의가 차명으로 되어 있어서."

그럼 이대로 끝이란 말인가. 우찬의 말에 최준은 고민에 휩싸인 채 멍하니 창밖을 바라보고 있었다. 이대로 끝이란 말인가, 미국, 중국, 북한 도대체 상대는 누구란 말인가. 최준은 자신의 고집 때문에 아무 성과 없이 목숨을 잃은 이 경정에게 죄책감을 느끼고 있었다. 이 경정님 말대로 군산항에서 덮쳤다면 시간이 걸렸겠지만 실마리를 풀 수 있었을 거라고 최준은 후회하고 있었다.


"몸은 좀 어떤가?"

"차장님. 어떻게 여길…."

김호영 차장이 병실의 문을 열며 들어왔다. 최준은 차장을 보며 급하게 몸을 일으켰다.

"그대로 누워있게. 이번 사건은 이대로 종결시키게. 더이상 어떻게 할 도리가 없질 않은가. 우선 몸이나 추스르고 이야기하지. 자네가 할 일은 많네. 지금 중국 측의 움직임이 심상치가 않아. 자세한 얘기는 퇴원하고 하지."

"알겠습니다. 차장님."


## 1사단 지하벙커

따르릉, 따르릉. 텅 빈 지하벙커에서 전화벨 소리는 유난히 크게 울렸다.

"물건은 안전하게 인도받으셨습니까?"

"네. 장군님께서 힘써주신 덕분에 잘 받았습니다."

"그럼 다음 일을 부탁드립니다. 여기서는 아무래도 프로젝트 진행이 어려울 거 같습니다."

"걱정하지 마십시오."

"그럼 디데이 날 뵙겠습니다."

"우리의 백두산 개발이 완료되는 대로 작전장소로 옮겨질 겁니다. 이제 작계 6020만 승인되면 일사천리로 진행할 수 있습니다."

"김 장군님은 계획대로 준비해 주시고, 마지막까지 긴장을 늦춰선 안 됩니다."

## 서울 서초구 내곡동,
## 국정원 본원

"최 팀장, 중국의 군사움직임은 어떤가?"

"네. 지금 중국 내 요원들의 보고에 따르면 연일 압록강 주변에서 도하훈련을 하고 있다고 합니다."

"이제 이철호 박사 사건은 그만 종결하고 중국 내 군사움직임을 예의주시하고, 일일 보고하도록 하게."

"네. 차장님."


"우찬아, 어떻게 이 박사님의 행적은 알아봤어?"

"네. 화성에 있는 H-K 자동차 연구소 직원을 만나서 무슨 플럭스압축장치 기술에 관해서 얘기를 나눴다고 합니다."

"그게 뭔데?"

"그러니까 작은 축전지에 수백억 볼트의 전기량을 충전할 수 있도록하는 기술이에요. 전기자동차 생산에서 아주 중요한 기술이고요."

"군사기술로도 응용할 수 있는 거야?"

"가능하죠. 요즘 전자파 방해 뭐 그런 것도 있잖아요. 적의 레이더를무력화시킬 수도 있고요."

"그래. 그렇다면 분명 뭔가 있을 거야."

"근데 차장님께서 그만 종결하라고 하셨잖아요."

"아니야. 뭔가 이상해. 국가과학자가 살해당하고 그 기술이 빼돌려졌어. 근데 사건을 종결하라는 게 말이 돼? 분명 그 기술은 공식적인루트를 통해서 개발된 게 아니야. 안 그럼 정부에서도 가만히 있을 리가 없잖아."

"글쎄요. 더 파헤치기도 힘들고 지금 중국의 군사행동이 심상치 않아서 차장님도 더이상 거기에 신경 쓸 여력이 없으신 거 아닐까요."

"하지만 이번 사건과 중국도 무관하다고 결론 내릴 수 있는 상황은 아니야. 이번 사건은 그렇게 단순한 게 아니란 말이지. 미국, 중국, 일본은 겉으로는 평화롭게 보이지만 동아시아에서의 패권을 장악하기 위해 항상 기회를 노리고 있지. 남한과 북한의 관계는 그 핵심이고." 지금의 이 팽팽한 긴장감은 곧 어느 한쪽으로 터지고 말 거야.

"글쎄요."

우찬은 머리를 긁적이며 애써 모르는 척 외면했지만 차장의 행동이 석연치 않은 것만은 확실하다고 생각하고 있었다.

"우찬아, 우선 네가 중국으로 건너가서 그들의 군사움직임을 좀 더 세밀히 살펴봐."

"언제 떠날까요?"

"내일 당장 첫 비행기로 떠나도록 해."

"네. 팀장님."

## 청와대

"최 팀장, 김호영 차장은 좀 어떤가?"

"아직까지 의심할 만한 점은 없습니다."

"근데 최근에 교통사고로 죽은 이철호 박사가 비공식적으로 뭔가를 연구 개발했고 그 기술이 누군가에 의해 빼돌려졌습니다. 아마도 저희가 조사하는 사건과 이번 사건이 연관이 있을 거 같습니다."

"어떻게든 찾아야 하네. 최소한 누구의 손으로 흘러들어 간 지라도 알아야 해. 그렇지 않고서는 그들의 목적이 무엇인지 그들이 누구인지 알 수가 없어."

"네. 비서실장님."

최준은 그날 이후 자신을 짓누르고 있는 답답함에 편하게 잠을 잔 적이 없었다. 벌써 1년 째다. 하지만 아직 아무런 단서도 잡지 못했다. 최준은 잠시 주변을 두리번거린 후 지하철역으로 향했다.


## 중국 압록강변


"자, 그만 가자."

우찬은 요원들을 이끌고 압록강을 건너기 시작했다. 압록강 철교(현 조중우의교) 하류 1㎞ 지점에서 중국의 군사행동을 카메라에 담던 우찬은 흐릿한 날씨와 더불어 불안한 기운을 느끼기 시작했다. 국정원에서 10년째인 그였지만 오늘은 왠지 불안한 마음을 감출 수가 없었다.

"자, 서둘러라."

이날도 압록강에는 북한 국경수비대에 의해 총살된 탈북자의 시신이 떠내려오고 있었다. 압록강을 건넌 우찬은 지린성 지안으로 가기 위해 옷을 갈아입기 시작했다. 이때 공격용 서치라이트가 우찬과 요원들을 비추기 시작했다.

"꼼짝 마!"

우찬과 요원들은 순간 권총을 꺼내 들었지만 이미 수십 명의 공안에 의해 둘러싸여 피할 방도가 없어 보였다. 우찬은 탈출을 포기하고 평소 훈련된 대로 독극물을 마시려고 했지만 공안이 쏜 마취탄에 정신이 흐릿해져 가고 있었다.

"끌고 가, 나머지는 어떻게 할까요?"

"둘은 처치하고 압록강에 버려. 아마, 처형당한 탈북자 정도로 알겠지. 저놈은 16집단군의 특수전 부대로 끌고 간다."

"네. 리자신 동지."


## 중국 지안

"한지희 실장님. 김우찬이라는 요원이 지금 중국 공안 당국에 끌려가고 있답니다."

"어디로 가고 있지요?"

"아무래도 심양군구 16집단군 쪽으로 가는 거 같습니다."

16집단군 쪽으로 가면 분명 특수전 부대로 가고 있음이 틀림없었다. 그렇다면 우찬은 살아 나오기 힘들다. 중국은 심양군구와 장춘지구 군부대에 북한 급변 사태에 대비해 각각 1개 여단규모의 특수전 부대가 조직되어 있었다.

"그가 잡히면 우리의 계획이 드러날 수도 있습니다. 그자를 구해야합니다."

"그자가 뭔가를 알고 있나요? 그렇다면 그냥 처치하는 것이 낫지 않겠습니까?"

"아닙니다. 구해서 한국으로 돌려보내세요."

한지희는 단호한 어조로 말했다.

"중국지부의 협조를 받는다면 가능합니다만, 국장님의 승인을 받은 건가요?"

"승인은 내가 받을 테니 걱정하지 말고 구해오세요."

"네. 실장님."


"가자. 우리는 정강산으로 가서 매복한다. 지금 즉시 중국지부에 연락해서 병력 요청하고."

"네. 팀장님."

"이거 참 번거롭게 됐구먼. 그냥 처치하면 될 것을."

"어쩌겠나? 실장님도 생각이 있으시겠지. 지금 타깃이 지프차 한 대, 트럭 한 대로 이동 중. 스탠바이. 자, 긴장하고, 앞에 가는 지프 차 탑승 인원은 전원사살하고. 리첸, 트럭 천막 투시되지?"

"네. 팀장님."

"중국지부에서 검문을 시작하면 리첸이 뒤에 탄 놈들 쓸어 버려. 그리고 말로이 하고 존은 지원 사격해. 일이 끝나는 즉시 산을 넘어 흩어진다. 우찬은 우리가 데리고 곧바로 서해를 통해 한국으로 들어간다. 자, 온다. 준비해."

리첸이 투시 망원경을 단 저격총 매그넘(RT-20)을 트럭을 향해 조준하고 있었다.

"야, 너 여기가 무슨 중동 전쟁터라도 되는 줄 알아. 개미 잡는데 수류탄 쓰는 것도 아니고 매그넘을 쏘면 안에 탄 놈이 아니라 트럭이 날아가겠다."

매그넘은 크로아티아제 저격용 총으로써 그 화력이 대단해서 웬만

한 장갑차의 장갑까지 관통하는 괴물 저격용 총이었다. 그 반동이 대단해서 웬만한 사람은 쏘기 힘든 총이었다.

"팀장님. 이걸로 쏴야 흔적도 안 남고 깔끔하거든요."

"알았어. 이 새끼야. 잘 쏘기나 해."


"잠시 검문 있겠습니다."

"뭐야, 너희들. 여기는 원래 검문소가 없는 곳인데. 어디 소속이야? 우리는 심양군구 장춘부대 소속 특수부대원이다. 너희는 어디 소속이냐."

이상한 낌새를 눈치챈 특수부대원이 총을 잡는 순간 리첸의 저격총이 트럭을 향했다. 리첸이 쏜 매그넘 저격 총에 트럭에 타고 있던 병사들의 피가 천막으로 튀어 붉게 물들어 가고 있었다.

"총 버려, 야 이 새끼들 끌고 가."

"야, 너희들 어디 소속이야 내가 누군지 알고 이러는 거야?"

"네가 누군진 알 필요 없어. 웬 줄 알아? 너는 이제 곧 죽게 되기 때문이지. 자, 우리는 우찬 요원을 데리고 한국으로 들어갈 테니까 뒤처리 좀 부탁한다."

"네. 팀장님."

"무릎 꿇고 손 머리 위로 깍지 끼워."

탕탕탕, 5발의 총성이 울리고 공안 다섯 명이 쓰러지자 중무장한 사내들이 황급히 현장을 떠났다.

"한지희 실장님, 좀 있으면 충남 당진에 도착합니다. 어떻게 할까요?"

"일단 보호소에 데려가서 푹 쉬게 해주고 정신이 들면 남산 근처에 내려 주도록 하세요."

"네. 실장님."

"야, 여기가 어디야?"

간신히 정신이 든 우찬은 눈가리개를 하고 있었다.

"이 자식이 아직도 여기가 중국인 줄 아나. 얌전히 있어. 집에 보내줄 테니까."

## 서울 서초구 내곡동, 국정원 본원

"우찬아, 어떻게 된 거야?"

"글쎄. 그게 중국에서 공안들에게 붙잡혔는데 눈을 떠보니 남산이었어요."

"전혀 기억나는 게 없어?"

"예. 팀장님 죄송합니다."

"나머지 요원은 어떻게 됐죠?"

"미안하다. 시신 찾기도 어려울 거 같다. 이놈들이 아마 압록강에 시신을 유기한 거 같아. 우찬아, 그리고 널 의심하는 건 아니지만, 규정상 일단 내사과 가서 조사 좀 받아야겠다. 어찌 됐든 너는 중국 공안에게 붙잡혔고, 누군가에 의해 구해졌다는 사실이 아마 너를 좀 힘들게 할지도 모르겠다. 그래도 살아 와줘서 고맙다."

최준은 우찬에게 한없이 미안한 감정을 느끼고 있었다.

"감수해야죠. 죄송합니다."

우찬은 지금으로써는 아무도 믿을 수가 없었다. 그리고 자신을 구해준 그들의 정체는 뭐고, 도대체 왜 구해준 것인지 도무지 감이 오질 않왔기 때문이었다.


## 중국의 도발

"차장님, 대통령님 호출입니다."

국정원 1차장실에 비서실장 최문기가 황급히 들어와 대통령의 호출을 알렸다. 국정원은 원장이 정치 소용돌이에 휘말리자 사실상 김호영 1차장 체제로 운영되고 있었다.

"그래. 지금 차 준비시키게."

김호영 차장은 청와대로 향했다. 김호영 차장이 탄 차는 대통령실 위민1관으로 급히 들어서고 있었다. 그는 잠시 흥분한 마음을 가라앉히기 위해 긴 숨을 내쉰 뒤 대통령실 앞에서 문을 두드렸다.

"잠깐 여기서 기다리시죠."

김호영을 맞이 한 건 이상기 대통령 비서실장이었다.

"대통령님, 국정원 김호영 차장 도착했습니다."

"들여보내세요."

이상기 비서실장은 김호영 차장을 대통령 간이집무실로 안내했다.

"김호영 차장, 작계 6020은 잘 읽어봤소."

"대통령님, 중국군의 압록강 도하훈련이 심상치 않습니다. 지금 한반도는 군사적 긴장이 팽배해 있습니다. 언제 전쟁이 발발할지 모르는 상황입니다."

"그래 지금 중국의 상황은 어떻소?"

"얼마 전 우리 요원들이 중국의 군사훈련에 대한 첩보 수집 중 중국 공안에게 살해당했습니다. 지금 국정원에서 수집한 정보에 의하면 중국 군은 이미 압록강의 변계선을 넘어 군사 훈련을 실시하고 있으며, 최근 전방부대의 개인화기를 최신식으로 교체하는 등 전쟁준비의 징후가 여러 곳에서 포착되고 있습니다."

"그게 사실이요?"

"네. 대통령님. 저들은 분명 북한의 붕괴 또는 쿠데타 등 유사상황을 이용하여 도발해 올 것입니다. 작계 6020을 신속히 승인하시고 예하 부대와 함께 훈련을 해야 합니다. 오히려 이 위기가 한반도에는 기회일 수 있습니다. 통일을 통해 부족한 인적, 물적 자원을 보충하고 한강의 기적 이후 제2의 도약을 이루어야 살아남을 수 있습니다."

"막대한 통일비용을 어떻게 감당한단 말이오. 자그마치 1조3천억 달러요."

"대통령님, 통일이 늦어지면 늦어질수록 그 비용도 기하급수적으로 늘어날 것입니다. 그리고 작계 6020이야말로 전쟁으로부터 한반도를 지킬 수 있는 유일한 방법입니다. 작계 6020은 저들의 도발을 신속히 제압하고 전쟁이 확산하는 것을 막는 데 목적이 있습니다."

"하지만 미국이 이번 작전을 승인할 거 같소?"

"미국도 이번 작전이 자국의 이익을 위해서는 반드시 필요한 일이라는 걸 알고 있을 겁니다."

"북한을 중국에 빼앗기게 되면 싸드도 무용지물이 될 겁니다. 저들도 아시아에서의 패권을 유지하기 위해서는 우리의 도움이 필요할 겁니다."

잠시 후 대통령은 대통령 관저로 외교안보수석과 국정기획수석을 불렀다. 대통령관저는 팔작지붕으로 우아함과 소박함을 동시에 지닌 운치가 있는 건물이었지만, 그 우아함과 소박함을 차지하기 위해 많은 사람이 혁명이라는 이름으로 피를 흘렸다. 외교안보수석과 국정기획수석은 대통령이 관저로 자신들을 부르는 것을 보고 심상치 않음을 본능적으로 느꼈다.

"먼저 이걸 좀 읽어 보시오."

외교안보수석과 국정기획수석은 보고서를 읽어 내려가다가 동시에 대통령의 얼굴을 쳐다보았다. 김동석 대통령은 당연히 두 사람이 놀라리라는 것을 짐작했다는 듯이 관저 뒤편의 북악산을 쳐다보면 물었다.

"어떻소, 가능하겠소?"

대통령의 물음에 외교안보수석의 항의 섞인 듯한 대답이 돌아왔다.

"누가 이런 시나리오를 계획했단 말입니까? 자칫 이 시나리오가 외부로 유출되기라도 한다면 한중외교관계에 심각한 파장을 불러올 것입니다."

"맞는 말이오. 그런데, 문제는 시나리오가 일리가 있단 말이오. 우리가 의도하던 의도하지 않던 전쟁이 일어난다면 어떻게 하겠소. 북한이 언제까지 버틸 수 있을 것 같소? 중국이 각종 물자를 끊고 고립작전으로 나간다면 친중 성향의 군부세력이 자신의 기득권을 지키려고 중국에 의탁하지 않겠소? 그러면 한반도 통일은 물 건너가는 것은 물론 남한의 체제 자체에도 큰 위협이오. 그리고 지금 김정은 위원장의 권력누수가 심각하다는 국정원의 보고가 있었소. 그래서 나는 이번 작계 6020을 승인하려고 하오. 외교안보수석과 국정기획수석은 특별히 보안에 신경 써 주시오."

외교안보수석과 국정기획수석은 무거운 표정으로 대통령 관저를 나왔다.

"이게 과연 가능한 일인가? 북한과의 공조를 통해 중국의 도발을 막는다니. 북한이 만약 다른 생각을 품는다면 큰일 아닌가. 작계 6020의 핵심은 북한의 사태가 급변할 시 남한의 지원을 받는 북한세력이 북한 내 정권을 취하고 미국은 중국이 전면전을 하지 못하도록 서쪽 해상을 봉쇄한다라. 중국이 가만히 있지는 않을 텐데. 더욱이 북한도 믿을 수가 없고. 걱정일세."

외교안보수석의 체념한 듯한 말에 국정기획수석은 아무런 대꾸를 하지 못했다. 둘은 더이상 아무 말도 하지 못한 채 각자의 집무실로 향했다.

김동석 대통령은 자신의 판단을 확인하고 싶었다. 하지만, 역시 무리란 말인가. 외교안보수석과 국정기획수석은 정권의 안정과 체제안정에 무게를 실었다. 만약 계획에 한 치의 실수라도 있는 날이면 6·25 이후 60년간 쌓아 올린 모든 것이 하루아침에 물거품이 될 터였다.


## 서울 서초구 내곡동, 국정원 본원

"대통령께서 작계 6020을 승인했소."
"하지만 미국의 승인이 남질 않았습니까?"
"안 그래도 미국으로 건너가려고 합니다. 걱정하지 마시오. 그들도 우리의 시나리오를 쉽게 넘기지는 못할 것이오."

다음 날 아침, 일찍 호영은 워싱턴행 대한항공 비행기에 몸을 실었다. 극도의 긴장감 때문인지 13시간의 비행이 전혀 지루하거나 길게 느껴지지 않았다. 호영은 미국의 상황도 녹록지 않다는 것을 알고 있었다. 연일 계속되는 중국의 압록강 도하훈련에 미국도 신경을 곤두세우고 있었다. 만약 북한이 중국의 손아귀에 떨어진다면 남한도 중국화되는 건 시간문제였고, 이제는 주한미군의 필요성도 없어지리라는 것을 미국도 잘 알고 있을 것이다. 워싱턴 공항에 도착한 호영은 미리 나와 있는 대사관 직원의 차를 타고 곧바로 버지니아주 랭글리의 CIA 본부로 향했다.

"조지 국장, 이번 작계 6020은 동북아 평화안정을 위해 반드시 필요하다고 생각하오."

"근데 왜 나를 찾아온 겁니까? 오 플랜이면 국방부를 찾아가셔야 할 텐데요."

"작계 6020의 성공적 수행을 위해서는 CIA의 협조가 필요하오. 그동안 CIA도 중국의 분열을 위해 엄청난 노력을 한 것으로 압니다. 만약 중국이 북한을 통째로 집어삼킨다면 남한도 중국에 잠식당하는 것은 시간문제요."

"좋소. 단도직입적으로 말하겠소. 그럼 우리에게 무엇을 해줄 수 있소? 차장도 잘 알겠지만 항공모함 한번 움직이는데 만도 엄청난 비용을 수반하오. 그리고 우리도 그동안 쏟아부은 돈도 있고 전쟁을 하려면 돈이 필요하지 않겠소?"

"전쟁 후 재건사업에 대한 독점 계약, 북한 내 전략 지역에 미군을 주둔할 수 있도록 하겠소. 그리고 전후 3년간 무기독점계약도 미국과 하겠소. 이 정도면 미국도 밑지는 장사는 아니라고 생각하는데 어떻소?"

"한 가지 조건이 더 있소. 싸드 배치를 서둘러 주시오. 그리고 우리 주한미군은 육지 전에 참전하지 않을 것이오. 우리 미군은 그동안 이라크, 아프가니스탄 등 분쟁지역에서 너무나 큰 피해를 보았고 전쟁에 대한 국민 여론이 좋지 않소. 이번에 또 대규모 인명 피해가 발생하게 될경우, 국민과 의회가 가만있지 않을 것이오. 휴전선에 배치된 북한의 장사정포 350여 문을 피할 시간적 여유를 주시오. 만약 북한과의 공조가 이루어지지 않는다면 큰일 아니오. 장사정포가 비록 재래식 무기이기는 하나 아직까지 그 위력은 대단하오. 한 시간 안에 서울의 3분의 1을 파괴 시킬 수 있는 화력이오. 공격 개시 전 주한미군이 경기 남부지역으로 이동하는 데 필요한 시간을 주어야겠소. 24시간이오. 더욱이 한반도 지형상 육지 전에서는 대규모 인명 피해가 발생할 수밖에 없지 않소. 선제타격이 가능한 것도 아니고. 만약 그들이 공격을 해오면 큰 낭패가 아니오."

"조지 국장, 손도 안 대고 코를 풀겠다는 거요?"

"무슨 소리요? 남한이야 자국의 통일이니 당연히 전쟁을 하는 것이고, 그밖에 할 수 있는 것이 무엇이오. 나머지 주요작전은 다 우리 미국의 힘이 없으면 할 수가 없는 것들이오."

"알겠소. 주한미군이 피할 시간을 주겠소."

"좋소. 무엇으로 보증하겠소?"

호영은 대통령이 친필로 작성한 대한민국 직인이 찍힌 종이 한 장을 조지의 책상 위에 내려놓았다.

"좋소. 대통령님께 보고 드리겠소. 그리고 우리가 개입할 수 있도록 명분을 만들어 주시오."

조지는 호영이 미국의 계획을 어느 정도 알고 있다는 사실에 놀라지 않을 수 없었다. 더욱이 북한에 유사상황이 발생하면 미국도 발을 뺄

69
제1장 한반도의 위기

수 없다는 사실을 알고 있는 그가 흔쾌히 미국의 요구조건을 수용한 것도 이해가 가질 않았다. 도대체 무슨 속셈이란 말인가.

며칠 뒤 억수같이 쏟아지는 빗속에서 CIA 핫라인 전화벨 소리가 요란하게 호영의 고막을 진동시키고 있었다.

"네, 김호영입니다."

"나, 조지 국장이요. 대통령님께 보고 드렸소. 대통령님께서 작계 6020을 승인하셨소."

"고맙소. 조지 국장."

"잊지 마시오. 하루요. 그리고 명분을 만들어 줘야 한다는 것을 잊지 마시오."

호영은 일단 미국을 전쟁에 끌어들여 최대한 이용해야 한다고 생각했다. 일단 발을 들여놓으면 미국도 자신의 계획에 따라 움직일 수밖에 없음을 알고 있었다.


## 서울 서초구 내곡동, 국정원 본원

"팀장님, 차장님 호출입니다."

"알았어."

"차장님 찾으셨습니까?"

"응. 앉게나. 저번 사건으로 아직도 나에게 불만을 갖고 있나?"

"아닙니다. 차장님."

"자네도 알겠지만 지금 중국의 움직임이 심상치가 않네. 자네도 김우찬 과장한테 보고를 받아서 알고 있겠지만 중국에서 곧 전쟁이라도 일으킬 기세야. 이건 일급비밀이네만, 우리는 그동안 중국의 도발을 포함한 작계 6020을 준비해왔네. 어제 미 대통령의 최종승인을 받았네. 저들의 의도가 뭔지는 자네도 알고 있겠지. 그래서 이번 작전은 자네가 좀 맡아 줘야겠네."

"무슨 작전이죠?"

"작계 6020이 명분을 갖고 미국이 참전하기 위해서는 반드시 필요한 게 있네."

"차장님 근데 작계 6020의 주요 내용이 뭔지 여쭤봐도 되겠습니까?"

"그래. 잘 듣게. 작계 6020의 주요 내용은 북한의 사태급변 시 중국은 어떻게든 기득권을 유지하기 위해 군대를 파견할걸세. 그래서 저들은 동북공정을 비롯한 각종 역사를 왜곡하고 있는 거지. 거기에 대응하기 위해 우리는 북한 내 친한 세력과 미국의 공조를 받아 중국군을 몰아내고 평화통일을 이루어내기 위해 작계 6020을 준비해왔네. 근데 문제는 말이지 국제사회의 동조란 말일세. 우리가 통일을 하기 위해서는 더이상 단일민족, 한민족이란 논리로는 국제사회의 승인을 받을 수가 없네. 그래서 아이러니하게도 명분을 갖기 위해 우리는 역으로 지금의 간도가 우리의 땅임을 입증하는 그 물건을 찾아야 하는데 쉽지가 않네. 그 물건만 찾으면 중국의 동북공정도 무용지물이 될걸세. 그리고 더이상 우리의 통일에 관여하지 못할 걸세. 왜냐하면 오히려 지금의 간도를 내줘야 할지도 모르기 때문이지."

"오히려 그 때문에 우리의 통일을 더 적극적으로 방해하지 않겠습니까?"

"그럴 수도 있네. 그건 걱정하지 말게나. 다 방책이 있으니. 그리고 김우찬 과장하고 같이 가게."

"네. 알겠습니다."

도대체 차장의 생각은 무엇인가. 최준은 작계 6020의 주관을 국방부가 아닌 국정원에서 하는 것도 이상했지만 도대체 차장이 무슨 생각을 하고 있는지가 더 궁금하게 느껴졌다.


## 국정원 정보분석팀


"김우찬 과장님."

"어, 무슨 일이야?"

"그때 신원조회 해달라고 사진 한 장 주신 거 있잖아요."

"어. 그래, 뭐 좀 나왔어?"

"네. 인터폴에서 자료가 왔는데요. 미국 하버드 수석 졸업이고요. 국적은 지금은 미국입니다."

"지금은 이라니?"

"네. 아버지가 20년 전 간첩사건으로 사형을 당하고 미국에 이민을 갔고요. 지금은 미국 국적입니다. 미 국무부에서 스카우트할 정도로 인재라고 하더군요."

"여기 하버드에서 찍은 사진이에요. 본명은 한지희입니다."

우찬은 사진을 받아들고 비명을 지를 뻔했다. 사진 속 사람은 모자를 눌러쓰고 선글라스를 쓰고 있지만 우찬은 한지희 옆의 남자를 단번에 알아보았다.

"규현아, 이거 다른 사람한테는 절대로 말하지 마."

"알았어요."

우찬아, 뒤에서 최준 팀장이 부르는 소리에 우찬은 사진을 잽싸게 업무 노트에 끼워 넣었다.

"뭘 그렇게 놀래. 너 규현이랑 내 뒷담화했냐?"

"그럴 리가요. 근데 차장님은 무슨 일로 갑자기 호출하신 거예요?"

"작전이 떨어졌어. 다시 중국으로 나가야 할 거 같다."

제2장

# 사라진 지도를 찾아서

## 지도를 찾아서

　김호영 차장은 작계 6020의 작전개시 시점에 대하여 며칠째 고민하고 있었다. 더욱이 북한은 뭔가 금방이라도 일이 터질 것처럼 이상하리만큼 조용했다.

　2001년 시작된 동북공정은 2016년 한반도 정세변화가 중국에 미치는 영향분석을 마지막으로 끝을 맺자 중국은 서서히 한반도 침략의 본색을 드러내기 시작했다. 중국은 고구려, 발해 등 한반도 역사를 노골적으로 부정하고 중국의 역사로 규정하는 반면, 북한에서의 비상사태시 한반도 정세안정을 내세운 신속한 군대투입을 위해 압록강에서의 도하작전을 더욱더 강도 높게 실행하고 있었다. 저들도 기회만 오면 언제든지 밀고 내려올 타이밍을 엿보고 있음이 틀림없었다.

　호영은 그때를 정확히 집어내야 했지만 생각보다 쉽지 않아 긴장하고 있었다. 중국에서 군사적 긴장을 높이는 군사행동을 하면 할수록 호영의 긴장감은 극에 달하고 있었다. 호영은 저들로 하여금 도발하지 않을 수 없는 방책을 고심하고 있었다. 북한에서 잘해줘야 할 텐데. 호영은 이번 작전의 핵심은 북한과의 공조임을 누구 보다 잘 알고 있었다.


## 1사단 지하벙커


"이제 우리 계획을 실행할 시기가 온 것 같습니다."

"김 의원님, 이제 다음 단계를 진행해야 할 거 같습니다."

"안 그래도 『간도 등 고구려수복 특별법』 발의를 위해 의원들의 서명을 받았습니다. 걱정하지 마십시오. 이번 법안 발의는 우리 프로젝트의 기폭제 역할을 할 것입니다."

"장군님. 이번 법안 발의가 정말로 저들을 자극할 수 있을까요?"

"아마도. 저들이 시간을 끌면 끌수록 우리의 계획이 성공할 확률은 점점 낮아지네."

"하지만 아직 지도를 못 찾지 않았습니까?"

"걱정 말게. 이번 법안제정의 또 다른 목적은 지도를 찾는 거니까."

"김 의원님, 이 문제를 최대한 이슈화해야 합니다. 법안 제정의 목적은 국민의 관심을 이끌어내고 중국을 자극하는 데 있습니다. 실제 전투나 전쟁이 발발하면 국민의 지지야 말로 가장 큰 무기라는 것을 김 의원님도 잘 아실 거라고 생각합니다."

"걱정하지 마십시오. 원래 우리 국민이 감정에 잘 휩쓸리지 않습니까? 분명 소용돌이가 한번 칠 겁니다."

"그럼 의원님만 믿겠습니다."

## 국회 의원회관 공청회장

"다들 바쁘실 텐데 이렇게 참석해 주셔서 감사합니다. 외교통상위원회 위원장 김운천입니다. 간도는 조선조 이전부터 우리 한민족이 거주하던 우리의 땅이었습니다. 그러한 간도가 일본과 중국이 체결한 간도협약에 따라 불법적으로 중국에 넘어간 것입니다. 동간도와 서간도를 합한 간도의 면적은 한반도의 1.5배에 해당하는 엄청난 면적입니다. 조선족 인구는 무려 200만 명 이상입니다. 자, 이제는 우리의 민족과 땅을 찾아와야 합니다. 따라서 이번 법안제정은 우리의 땅을 찾는 시발점이 될 것입니다. 이와 더불어 역사적 연구가 뒷받침되어야 한다는 것입니다. 역사적인 문제가 생기면 단편적, 일시적으로 뜨겁게 대응하고 그때가 지나면 모두 잊어버리는 무사안일주의적 자세를 이제는 버려야 합니다. 해서 이번 법안제정을 위한 공청회에는 관련 부처 장관님뿐만 아니라 역사학자분들도 모셨습니다. 우리 역사학자와 정부는 반성해야 합니다. 그동안 간도 수복을 위해 우리 역사학자와 정부가 한 일이 무엇입니까? 저 동북공정에 대응해서 우리가 무엇을 연구했습니까?"

김운천 위원장의 발언을 들으며 역사에 대한 체계적인 연구와 고찰이 없이 그동안의 단편적인 대응이야말로 역사 침탈의 치욕을 스스로 불러온 필연적인 결과일 것이라고 영일은 생각했다. 아무리 대한민국이 경제대국이 되어도 통일을 통한 군사대국이 되기 전에는 정부는 중국의 눈치를 볼 수밖에 없었다. 그 결과 정부에서는 중국과의 외교관계 운운하며 그동안 소극적인 조치를 취할 수밖에 없었다는 사실을 영일은 잘 알고 있었다.

영일은 그동안 정부에 간도에 대한 체계적 연구의 필요성에 대하여 줄곧 항변했지만 묵살 당하기 일쑤였다.

그렇다면 갑자기 정부가 나서서 이번 법안을 국회에 제출하고 이렇게 공청회를 여는 것을 보면 뭔가 사태가 심각하다고 영일은 생각했다. 하긴 중국 놈들이 연일 압록강에서 도하훈련을 해대고 있으니. 국가안보에 위기의식을 느낀 거겠지.


"그냥 속수무책으로 당해야만 하는 겁니까? 일단 저들의 동북공정을 반박할 수 있도록 저희도 체계적으로 연구해서 대응해야 합니다."

백발이 무성한 원로교수가 말을 꺼냈다.

"저들이 고구려의 역사를 중국의 지방정권으로 규정해 자신의 정통성과 소수민족 분열을 막고 나아가 노리는 게 무엇이겠습니까?"

"저들의 의도는 한반도의 통일을 막는 데 있습니다."

김운천 의원이 분위기를 돋우고 있었다.

"여러 장관님과 역사학자 분들께서도 아시다시피 저들은 통일 후 우리 민족이 간도 수복에 나설까 봐 미리 역사를 정리하고 있는 것입니다. 결국은 북한에 행사하고 있는 영향력을 바탕으로 한반도 이북지역까지 노리고 있겠죠. 그동안 우리는 애써 그 사실을 외면해 왔지만 삼척동자도 다 아는 사실 아닙니까."

이거 분위기가 심상치 않은데. 영일은 속으로 생각했다.

"하지만 간도는 분명 대한민국의 영토이며, 통일은 헌법에도 나와 있듯이 우리가 반드시 이루어야 할 대업이 틀림없습니다."

"외교부 차관님, 간도가 국제적으로 국경분쟁 지역이 된다면 어떻게 되겠습니까?"

김운천 의원이 따지듯 묻자 외교부 차관 고명환은 마지못해 답변했다.

"국제법 관례상 간도협약이 체결된 지 이미 100년이 넘어 더이상 이의를 제기할 수 없다는 전문가의 의견도 있긴 하지만 제가 알기론 근거가 없다고 알고 있습니다. 다만, 그동안 우리 정부가 100년이 넘도록 간도에 대해서 벙어리로 있었다는 점에서는 반성이 필요하다고 봅니다. 국제적 분쟁으로 갈 경우, 간도에 대한 우리의 영유권 주장은 정당하다고 봅니다."

"자세히 설명을 해주시죠. 고 차관님."

김 의원은 계속해서 고명환을 압박해 나갔다. 사실 정부에서는 이번 법안제정을 외교마찰을 우려해 반대했지만 야당 의원인 김운천을 설득할 수가 없었다. 결국 외교부 차관 고명환은 그 이유를 설명해 나갔다.

"1909년 9월 4일 일본이 중국과 체결한 간도협약 이전에는 간도는 분명 조선인이 거주하는 조선의 영토였습니다. 그것은 여러 역사적 기록에서 어렵지 않게 찾아볼 수 있습니다."

고명환은 간도의 역사적 기록과 배경을 설명했다.

"백두산정계비白頭山定界碑는 '서쪽은 압록강鴨綠江을 경계로 삼고, 동쪽은 토문강土門江을 경계로 삼는다'는 뜻의 서위압록 동위토문西爲鴨綠東爲土門의 비문으로 한국의 간도間島 영유권 주장의 근거로 사용됐습니다. 1712년에 세워진 이 비석은 비문碑文에 언급된 '토문강土門江'의 지명에 대해 한·중 양국의 해석이 엇갈려 청국과 조선 간의 영토 분쟁의 씨앗이 되어왔으나, 1931년 07월 28일에서 29일 사이에 일어난 만주사변 직후 일제 혹은 제3자에 의해 사라져 현재 모습을 찾아볼 수 없으며, 지금은 중국이 아예 그 정계비의 존재 자체를 부정하고 있는 상황입니다. 하지만 1898년 박일헌, 김응룡이 국경을 답사하고 보고한 자료를 살펴보면 토문강-송화강-흑룡강 이동은 조선영토라고 한 것을 보면 지명에 대한 해석은 국제적으로 이견이 없을 것이라 생각합니다. 하지만 문제는 중국이 백두산정계비 자체를 부정하고 있고 설령 있다고 해도 비문의 토문강은 두만강이라고 강력히 주장하고 있다는 데 문제가 있습니다. 중국의 사서에서 백두산정계비에 관한 기록은 아직 보고된 적이 없습니다."

"그럼 국제적 분쟁에서 확실한 우위를 점하기 위해서는 백두산정계비와 그 비문에 관한 기록이 중국 역사서에 있어야 하는 겁니까?"

김 의원이 묻자 같이 참석한 문화재청장이 고개를 끄덕였다.

"그럼 백두산정계비가 사라진 배경에 대해서나 한번 들어봅시다."

김 의원은 주변을 둘러본 후 조선 근현대사를 연구하는 최영일 박사를 쳐다보며 말했다.

"최영일 박사께서 한번 설명해 주시겠습니까?"

갑작스러운 호명에 당황했지만 영일은 곧 단상 앞으로 나가 그 당시의 상황을 설명했다.

"그 당시 백두산에 오르려면 국경수비대의 행군에 동행해야만 했습니다. 1931년 7월 28일, 오전 9시 30분경 일행이 백두산정계비에 도착했을 때는 분명 정계비는 이백 년 이상 지키던 그 자리에 있었으나, 다음 날 아침에 조선 등산객이 돌아오는 길에 다시 올라 정계비가 있는 곳에 갔을 때는 이미 누군가에 의해 철거되고 사라진 뒤였습니다. 그 뒤로는 행방이 묘연합니다."

"차관님, 간도협약의 국제적 효력에 대해 한번 설명해 주시겠소."

김 의원이 요청하자 또다시 고명환의 설명이 이어졌다.

"간도협약은 크게 세 가지 관점에서 무효라고 볼 수 있습니다. 첫째, 1945년 8월 15일 일본이 항복을 선언하면서 일제 강점기에 체결된 모든 조약과 선언은 모두 무효이며 그 이전의 권리를 회복한다고 되어 있습니다. 또한 1943년의 카이로선언, 1945년 포츠담선언, 1953년 샌프란시스코조약 등에서도 불법으로 중국에 넘겨준 간도 지역의 권리를 회복한다고 되어 있으며 분쟁 당사국이 아닌 일본이 청나라와 맺은 간도협약의 법적 근거인 을사늑약이 국제법상 원천적으로 조작된 무효이기 때문에 간도협약 역시 무효입니다. 규장각에 있는 을사늑약은 고종황제의 서명 없이 위조된 것이기 때문입니다. 둘째, 제2차 세계대전의 전후 처리에 의하여 간도협약은 무효입니다. 즉, 1943년 카이로선언, 1945년 포츠담선언에서 명시한 일본은 폭력 및 강요에 의하여 약취한 모든 지역으로부터 구축된다고 하였기 때문입니다. 셋째, 법적 권원이 없는 제3국에 의한 영토처리는 무효입니다. 국제법상 조약은 당사국에만 효력이 있을 뿐 제3국에는 영향을 미치지 않는다는 원칙이 있습니다. 따라서 대한민국은 간도에 대한 주권을 포기한 일이 없으므로 중국에 대하여 간도협약의 무효를 선언해야만 합니다."

외교부 차관 고명환의 설명이 끝나자 김 의원이 말을 이어나갔다.

"그러면 국제적 명분은 분명 우리한테 있다고 판단됩니다. 문제는 어떻게 대응할 것이냐 하는 것입니다. 명분이 우리한테 있다고 해도 저들은 백두산정계비의 모든 것을 부정할 것입니다. 저들의 사서에서 조선과 청국의 국경선에 관한 기록을 찾아야 합니다. 역사적 기록을 찾을 수만 있다면 우리는 어떠한 지원도 아끼지 않을 것입니다. 역사적 사실을 찾지 못한다고 해도 우리는 이번 법안통과와 함께 우리가 강구할 수 있는 모든 수단을 동원해 우리의 영토를 찾을 것입니다. 그럼 여긴 모인 모든 분은 이번 법안에 대하여 다들 공감하시고 이의는 없는 것으로 해도 되겠습니까? 우리는 어떻게든 우리 조상의 고토를 찾아와야 합니다. 그리고 북한에 유사상황이 생길 경우, 당연히 한민족인 우리 남한이 북한의 상황을 통제하고 북한 동포를 끌어안아야 합니다. 중국의 저러한 군사적 행동은 엄연한 영토침략이며 국제적으로 용납할 수 없습니다."

명연설가답게 김 의원은 핍박받으며 살아온 대한민국 군중의 심리를 밑바닥부터 자극했다. 영일은 이번 법안제정이 바람직하다고 느꼈지만 과연 법안대로 실행할 수 있을까 하는 점은 의문이었다. 사실 몇몇 역사적인 사실만 보아도 간도는 분명히 우리 조상의 영토임을 정부당국자, 역사학자들은 분명히 오래전부터 알고 있었다. 다만, 정부는 그동안 경제적, 군사적 강대국 중국의 눈치를 살피느라 100년이 넘도록 이의제기 한번 하지 않은 것이다.

아마도 6·25 전쟁에 중공군이 참전한 것도 한반도의 독립이후 민주화가 자국에 미치는 영향을 고려한 것이라고 영일은 생각했다. 영일은 문제의 핵심은 중국이 절대 부정할 수 없는 역사적 기록을 찾아야 한다는 것임을 잘 알고 있었지만 자신도 어떤 뾰족한 수가 없음에 답답함을 느꼈다.

청사를 나와 집으로 가려는 찰나, 김 의원의 차가 영일 앞으로 지나가더니 이내 멈추었다. 잠시 후 창문이 내려지더니 김 의원은 영일을 바라보며 말을 꺼냈다.

"잠깐 이야기 좀 할 수 있겠는가?"


"자네 같은 젊은 사람들의 애국심이 그 어느 때보다 필요한 시점이네. 자네 혹시 황여전람도라고 들어본 적 있는가? 청국과 조선의 국경이 표시되어 있는 프랑스 선교사 레지스가 1717년에 제작한 지도이지.

하지만 자네도 알다시피 지금은 행방이 묘연한 상태네. 이 지도만 있으면 중국도 다른 소리를 하지는 못할 텐데 말일세."

"하지만 황여전람도 말고도 청국과 조선의 영토가 표시된 지도는 많잖아요."

"맞네. 당빌이나 보공디가 만든 지도가 있긴 하지만 모두가 황여전람도를 기초로 만든 지도이네. 모태가 되는 지도가 없는 이상 그 지도의 정당성을 주장할 수가 없지 않겠나. 자네가 이 지도를 찾아줘야겠네. 아마 자네가 원하든 원하지 않든 자네는 그 지도를 찾게 될걸세."

김 의원은 미묘한 표정으로 영일을 바라보면 자신의 말을 마치고 곧 떠나 버렸다. 영일은 미간을 찌푸리며 아직도 애국심을 운운하며 자신의 감정을 자극하는 김 의원이 시대착오적이라고 생각했지만 왠지 김 의원의 말이 가슴속 깊은 곳을 파고들었다.

영일은 세종로에 있는 외교부를 떠나 천호동 자신의 집이자 역사연구실인 "조선사 연구회" 사무실로 향했다. 영일은 5호선 전철을 타고 아름다운 서울 시내를 바라보면서 언젠가 또다시 이 아름다운 서울이 전쟁의 소용돌이에 휩싸이는 것은 아닌지 불안했다.

영일은 천호동 자신의 사무실로 가는 동안 생각했다. 저들의 음모를 무산시킬 수 있는 방법은 결국 저들이 인정하지 않는 백두산정계비의 기록을 저들의 역사서에서 찾아내야 한다. 그리고 백두산정계비의 토문강이 두만강이 아닌 송화강이란 기록을 찾거나 김 의원의 말대로 그때 당시 국경선을 표시한 지도만 찾아내면 저들의 음모를 막을 수 있을 것이다.

사무실에 도착한 영일은 그동안 수집한 간도에 관한 자료를 살펴보던 중 우연히 간도일지를 보았다. 선교사의 죽음과 안중근 의사의 유언에 관한 기록이었다. 영일은 오래전 간도국민회에 관하여 찾았던 자료를 다시 꺼냈다.

'아길레라 신부 중국에서 괴한에게 살해당함.' 문장에서 떨어지지 않는 눈길을 영일은 애써 부정하며, 이게 나와 무슨 상관이 있냐는 생각을 했다. 김 의원의 말 한마디에 이렇게 움직여야 하는 자신에게 웃음이 나왔다. 영일은 이내 컴퓨터를 껐다.

## 지도를 찾아서 2

정은은 아버지 죽음의 슬픔이 채 가시기도 전에 바쁜 나날을 보내고 있었다. 국회에 상정된 「간도 등 고구려 수복 특별법」의 여야 대치상황을 취재하느라 정신이 없었다. 여당은 민심을 고려해 간도 수복에는 동의하지만 국제적 분쟁을 야기할 수 있는 이 법안의 통과를 저지하고 있었다.

을사늑약, 간도협약, 만주철도부설권을 얻기 위해 일본이 청나라에 넘긴 우리나라의 땅 간도. 정은은 어릴 적 만주 등지에서 독립운동을 했던 할아버지의 이야기를 아버지에게서 자주 들었다. 그때 간도에 관하여 들었던 것이 생각났다.

아버지는 언젠가 할아버지의 유품에 대해 말씀하시면서 간도는, 아니 간도뿐만 아니라 저 만주를 비롯한 광활한 대륙은 언젠가는 우리가 찾아야 할 우리 조상의 땅과 혼이라고 말씀하셨다. 하지만 간도를 반환받아야 하는 방법은 통일 후 국민의 염원이 자연스럽게 간도로 흘러

들어 가 평화롭게 흡수되는 것이어야 한다고 말씀하셨다. 아버지는 혹 자신이 이 일 때문에 위험에 처할지도 모른다고 하셨다. 하지만 이 일은 누군가는 꼭 해야만 하는 일이기 때문에 목숨을 걸고서라도 해야 한다고도 덧붙였다.

청나라 강희제 때 봉금 지역을 설정하고 백두산정계비를 설치하기 전까지 간도는 흔히 동간도(북간도)를 말하지만, 서간도 역시 조선의 영토였다. 하지만 지금은 백두산정계비도 사라지고, 우리의 강역을 표시해줄 근거가 없는 상태였다. 분명 아버지의 죽음이 이 일과 관련이 있다는 생각을 떨칠 수가 없었다. 중국으로 가야겠다고 생각한 정은은 약혼자이자 역사학 박사인 영일에게 전화를 걸었다.

"영일 씨, 나 정은이야."

"응. 정은 씨? 아침 일찍 무슨 일이야? 무슨 일이라도 생긴 거야?"

"아니. 그게 아니고. 나 좀 도와줘야겠어."

"무슨 일인데?"

"아버지 있잖아. 아무래도 수상쩍은 게 많아. 아버지가 전에 하신 말씀도 그렇고."

"정은 씨 미안하지만 그건 벌써 경찰에서 단순 음주 교통사고로 결론이 났잖아."

"하지만 그 피의자도 자살하고 뭔가 이상해. 그리고 아버지가 못다 하신 일을 내가 대신해야겠어."

"무슨 소리야?"

"아버지는 간도를 찾기 위해 뭔가를 계획하고 계셨던 게 분명해. 영일 씨가 같이 가지 않는다면 나 혼자라도 갈 거야."

"알았어. 같이 가자."

영일은 김 의원의 말도 그렇고 더욱이 자신이 사랑하는 사람을 위험한 곳에 혼자 보낼 수는 없다고 생각했다. 이것이 김 의원이 얘기한 그것인가, 내가 원하든 원하지 않든 이것이 운명이라는 것인가. 영일의 머릿속이 복잡해졌다.

정은과 영일은 간단한 짐을 챙겨 인천공항으로 향했다. 중국 하얼빈행 탑승자는 지금 즉시 탑승 수속을 밟아 주시기 바랍니다. 공항에서는 하얼빈행 탑승 수속을 밟도록 안내방송이 나오고 있었다. 약 6시간 후에 하얼빈공항에 도착한 영일은 아버지께서 미리 알려주신 민박집을 찾아갔다.

계세요? 영일이 큰소리로 사람을 찾자 안에서 급히 나온 집주인이 영일을 반갑게 맞이했다.

"네가 영일이구나. 참, 몰라보겠다."

"저를 아세요?"

"그럼 이놈아, 너 어렸을 적에 내가 너를 얼마나 안고 다녔는데. 참, 아버지가 얘기를 안 했나 보구나, 그래 아버지는 잘 계시지?"

"네. 여전히 바쁘시죠, 뭐."

영일이 중국으로 여행을 간다기에 걱정이 됐던 아버지는 죽마고우였던 자신의 친구 선호가 운영하는 민박집을 알려준 것이다. 중국여행이 처음도 아닌데 아버지는 늘 이렇게 머무를 민박집과 여행 가이드를 붙여주시곤 했다. 중국과 무역업을 하는 영일의 아버지는 중국이 생각만큼 안전하고 자유로운 나라가 아니라는 사실을 누구보다도 잘 알고 있었다.

"아버지 친구 집이라고 얘기하면 네가 오지 않을까 봐 얘기를 안 했나 보구나, 피곤할 텐데 어서 들어가서 좀 쉬려무나. 그래, 옆에 계신 아가씨는 애인이니?"

"안녕하세요. 김정은이라고 합니다."

"네. 안녕하세요. 아주 미인이시군요. 영일이랑 잘 어울리네요."

"저 아저씨 하얼빈역에 좀 가보려고 하는데요"

"지금 가려고?"

"네. 마음이 급해서 가만히 앉아 있을 수가 있어야죠."

"참 성격 급한 것도 네 아버지를 닮았구나, 간만에 아버지 소식도 좀 듣고 얘기 좀 하려고 했더니."

"죄송해요. 아저씨."

"그래, 중국어를 못 한다고 하니, 버스 타지 말고  택시를 타고 가렴."

"걱정하지 마세요. 여기 정은 씨가 중국어를 잘해요."

"그래도 여행길에 피곤할 텐데 택시를 타고 가렴. 여기는 대중교통이 생각보다 잘 되어 있질 않아서 불편할 거야."

영일이 택시를 잡자, 정은은 유창한 중국어 실력으로 기사에게 하얼빈역까지 가자고 부탁했다. 30분 정도 지났을까 기사는 차를 세웠고 요금으로 중국 돈 110원을 요구했다. 택시에서 내린 영일은 선호아저씨가 적어준 메모를 꺼내 들었다. 메모에는 안중근 의사의 그 역사적 현장을 표시한 것은 고작 붉은색 블록 한 장뿐이라는 짧은 메모와 함께 그곳을 찾아가는 약도가 그려져 있었다. 영일도 중국은 여러 번 온 적이 있었지만 하얼빈은 이번이 두 번째였기 때문에 낯설 수밖에 없었다.

하얼빈 기차역으로 들어가기 전에 고객 마중용 표를 사서 출구로 거꾸로 들어가서 보고 나와서 다시 정상 입구로 들어가면 된다는 것이었다. 표를 사서 한 5분쯤 걸어 들어가자 안중근 의사가 이토 히로부미를 저격한 장소임을 알리는 붉은색의 표지석이 눈에 들어왔다.

영일과 정은은 사각형의 붉은색 표지석 위에 서서 조용히 눈을 감았다. 영일은 100여 년 전 일본이 우리나라를 침략했을 때를 상상했다.


"이토 통감, 간도는 조선의 영토이고, 우리는 조선을 보호할 의무가 있으니 당연히 간도에 병력을 파견하여 조선인을 지키고 보호해야 하지 않겠소."

나카무라 외상이 이토 통감에게 병력파견을 다시 한 번 요청했다.

"아니오. 간도는 러시아와 접해 있고 중국도 오래전부터 이곳을 자신의 영토로 생각하고 있소. 더욱이 지금은 조선의 의병을 진압하는 것도 벅차오. 자칫 간도에 병력을 파견했다가는 러시아를 비롯한 열강을 자극하게 되어, 조선의 지배권마저 위태롭게 된단 말이오."

일리가 있는 말이었다.

"뿐만이 아니오, 간도는 지금 서전서숙을 비롯한 민족교육을 기반으로 항일운동의 진원지요. 이곳을 굳이 우리가 힘들여 지켜야 할 필요가 무엇이란 말이오. 나카무라 외상, 우리가 지금 시급히 해야 할 일은 조선에서의 지배권을 확실히 하고 만주에서의 세력진출을 위하여 간도를 중국에 넘겨주고 만주지배를 위한 이권을 얻어내는 작업이오. 간도는 지금 우리에게 정치적, 군사적으로 별 쓸모가 없소. 우리 일본은 만주철도부설권 등 각종 이권을 취하고 간도를 중국에 넘겨주면 그만이오."

"이토 통감, 하지만 1904년 6월 한·중 지방 관원들이 체결한 중한변계선후장정 제1조에서 양국의 경계는 백두산정계비의 기록으로 한다고 정하고 있질 않습니까?"

"그게 무슨 문제란 말이오. 나카무라 외상."

이토는 점점 더 언성을 높였다. 조선인 출신인 나카무라 외상이 이토에게는 눈엣가시였다.

"하지만 간도를 중국 측의 주장대로 두만강의 원류 중 석을수를 경계로 넘겨주려면 백두산정계비는 중국의 역사기록에 나오지 않으니 정계비가 없어져야만 하질 않습니까?"

"그럼 정계비를 없애면 되질 않소!"

1909년 9월 4일 드디어 두만강의 석을수를 경계로 그 이남을 조선의 영토로 확정하는 "간도협약"이 체결되었다. 이로써 조·청사의 정묘호란, 병자호란 백두산정계비 설치 이후 봉금 지대이자 간광 지대인 간도는 중국의 손으로 넘어가게 되었다. 나카무라는 해방 후에 자국의 영토를 지키기 위해 이토를 설득하려고 했으나, 오히려 이토를 자극하는 결과만 낳았다. 이대로 해방이 된다면 간도는 영원히 찾을 수 없겠구나. 나카무라는 긴 한숨을 내쉬었다.

이 소식을 전해 들은 상해 임시정부 의장 이동녕은 군무총장 이동휘와 내무총장 안창호를 조용히 불렀다.

"지금은 비록 우리가 일본의 식민지에서 어렵게 독립운동을 하고 있지만 해방 이후 조선을 생각한다면 해방이 다가 아니라고 생각합니다. 또한 간도를 넘긴 다음 수순은 무엇이겠습니까?"

"무슨 말씀이신지."

군무총장 이동휘가 물었다.

"생각해 보시오, 해방이 된다 하여도 위로는 거대 중국과 아래로는 신흥강국 일본, 또 러시아 결국 해방이 되어도 강대국들의 틈에서 주권을 제대로 행사하기란 쉽지가 않을 것이오."

내무총장 안창호가 거들었다.

"일리가 있으신 말씀입니다. 사실 고구려, 발해 등 우리 민족의 주 무대는 만주 일대가 아니었습니까? 지금의 간도만 봐도 그렇고요.

해방 이후 중국과의 영토 분쟁을 생각하지 않을 수가 없습니다. 이것으로 일본이 노리는 것이 무엇이겠소, 지금까지의 태도와 다르게 간도를 중국에 넘겨준다. 그것은 조선의 합방이오. 간도를 넘겨주지 않은 상태에서 조선을 합방하면 간도 또한 일본의 영토가 될 것이오. 그럼 중국은 물론이고 경계에 있는 러시아가 이를 승낙하지 않고 저항할 것이오. 그리고 이로써 일본은 남만주철도 부설권 등 각종 이권을 요구하겠지요. 이것은 본격적인 만주진출을 계획하는 것이 아니겠소."

"만주는 철도 없이는 그 전략적 가치가 크지 않소. 간도는 그다음 수복해도 늦지 않다는 계산을 한 것이 틀림없소."

이동녕의 단호한 말이었다.

"이 음흉한 이토, 벌써 거기까지 계산해 놓다니. 그럼 당장 독립운동도 큰 지장을 받는 거 아닙니까?"

이동휘가 말했다.

"그럼 지금부터 준비해야겠군요."

의장 이동녕이 뭉툭한 사각형의 큰 턱을 굳게 다물며 말했다.

"각 총장을 불러서 일본의 움직임을 자세히 살피라고 하세요. 내무총장님."

"네, 의장님."

"그리고 대한의군의 안중근을 좀 찾아보세요."

"네? 안중근은 왜?"

"큰일에 쓸 사람으로 아무래도 그 사람이 적격인 듯합니다."

내무총장 안창호는 더이상 깊이 묻지 않고 밖으로 나왔다. 밖으로 나온 이동휘가 안창호에게 물었다.

"일본놈들이 청에게 간도를 넘겨준다면 제일 먼저 할 일이 증거인멸 아니겠습니까?"

"안 그래도 혹시나 해서 대원들을 백두산으로 보냈습니다. 아무래도 일본놈들이 정계비를 손댈 거 같아서 보냈는데, 아니나 다를까 벌써 그 놈들이 정계비를 뜯어내서 이동하고 있다는 정보입니다."

"일단 이동 경로에 매복해서 공격하라고 지시를 해놨습니다만 쉽지 않을 것 같습니다."

이와는 별도로 의장 이동녕은 다른 큰 그림을 그리고 있었다. 내무총장 안창호는 대한의군 참모중장 안중근을 찾아가 자초지종을 설명했다. 그리고 의장님이 큰일을 해낼 사람으로 결국 안 의사 밖에는 없다는 말씀을 하셨다고 전했다. 안중근은 결국 이 문제의 열쇠는 시간 싸움이라는 것을 알고 있었다. 일본에서 적극적으로 이 문제에 매달려서 추진해 나간다면 상해정부에서는 결국 당해낼 수가 없을 게 뻔했다. 어차피 간도는 중국에 넘어가게 되어 있다. 그러면 그다음 후속 작업은 간도 일대의 독립군 토벌과 본격적인 만주정복이 될 것이다. 이날 안중근은 안창호의 말이 아니었어도 자신이 할 일이 무엇인지 직감적으로 알고 있었다. 며칠 뒤, 안중근은 신문기사를 읽으며 조용히 감사의 기도를 올렸다. 독실한 천주교 신자인 안중근은 매일 아침 나라를 위한 일을 하다가 죽을 수 있도록 기도했다. 그의 세례명은 도마였다.

그리고는 곧 우덕순, 유동하를 찾아가 신문을 꺼내 보이며 말했다.

"이것은 하늘이 내린 기회입니다. 영예롭게 조국을 위해 죽을 수 있는 길이 아니겠습니까? 거사를 성공하고 죽는다면 이것보다 더 뜻깊은 일이 어디 있겠습니까? 나는 이토와 러시아 재무장관 코코프체코의 회담 날 이토를 제거할 계획이오. 동지들도 나에게 힘을 실어 줬으면 좋겠소."

우덕순과 유동하는 안중근의 이 담대한 계획에 눈이 휘둥그레질 수밖에 없었다. 역시 담대하고 깊은 사람이다. 우덕순과 유동하는 안중근을 경외하지 않을 수 없었다.

"하지만 안 동지, 이 계획은 성공하든 실패하든 목숨을 담보해야만 하는 일이오. 안 동지는 앞으로 조국을 위해 더 많은 일을 해야 하지 않겠소."

우덕순은 안중근을 설득해 그의 목숨을 구하고 싶었다. 하지만 이미 안중근의 눈에서 결연한 의지와 사즉생의 뜻을 읽은 우덕순과 유동하는 이내 포기할 수밖에 없었다.

"그럼 우리가 무엇을 도우면 좋겠소."

"이토의 호위병이 많은 만큼 한 곳에서만 그를 기다릴 순 없는 일이 아니겠소. 하얼빈역 이전에 그가 역에서 잠시라도 내린다면 거사를 좀 더 쉽게 이룰 수 있을 것이오. 구체적인 계획을 수립하기 위해 관련 정보를 좀 더 파악해야겠소."

"알았소. 안 동지."

우덕순과 유동하는 서로를 잠시 바라본 뒤 즉시 집을 나섰다.

"그리고 우 동지는 내가 추진하던 그 일을 마무리해 주시오. 혹시 내가 죽더라도 그 지도를 꼭 찾아주시오."

"걱정하지 마시오. 안 동지, 내 책임지고 그 지도를 꼭 찾아 우리의 후손에게 전하겠소."

다음날 우덕순은 연변 연길시의 한적한 산으로 올라갔다. 칼로 V자가 표시된 나무 아래서 잠시 주변을 서성이던 그는 땅속에 묻어둔 나

무상자에 한 장의 종이를 남기고 재빨리 산에서 내려왔다. 우덕순은 안중근을 찾아가 거사 당일 사용할 브라우닝 권총 한 자루와 탄환 8발을 건넸다.

"자세한 일정은 내일이면 알 수 있을 거요, 안 동지."

안중근은 브라우닝 권총을 집어 들며 얼굴 앞으로 가져간 뒤 조준점에 눈을 맞추며 벽을 겨누었다. 명사수 중의 명사수인 안중근은 거사 당일 실수를 하지 않을까 하는 마음에 기도를 올렸다. 담대하고 평상심을 잃지 않는 그였지만, 죽음 앞에서 초연할 수 있도록 기도를 올렸다.

"기무치 상 어딜 가는 거요."

"네. 기네무라 상. 순찰시간이라."

"아니오, 지금은 순찰 갈 시간이 없으니 지금 즉시 하얼빈 역으로 가서 역사 주변을 점검하시오."

"네. 기네무라 상."

밤새 계속되는 순찰근무에 기무치는 속이 타지 않을 수 없었다. 그는 화장실을 핑계로 자리를 뜨고 우덕순이 남긴 쪽지를 읽은 후 입으로 삼켜버리고 하늘을 올려다보면서 혼잣말로 '오늘 보는 하늘이 마지막이 될 수도 있겠군'하고 마음속으로 결연한 의지를 다졌다.

1909년 10월 26일. 탕탕탕, 브라우닝 권총의 총성이 세 번 울리고 이토 히로부미는 그 자리에서 쓰러졌다. 단 한 치의 실수도 없이 안중근의 총알은 이토의 가슴을 관통했다. 미세한 떨림도, 흔들림도 주저함도 없었다. 하얼빈역에 있던 기무치는 안중근의 담대함에 아수라장이 된 하얼빈역에 멍하니 서 있을 수밖에 없었다.

영일은 정은이 부르는 소리에 눈을 떴다.

"영일 씨 뭘 그렇게 오래 생각해."

"응, 잠시 뭘 좀 생각하느냐고."

"영일 씨, 아까부터 누군가 우리를 지켜보는 느낌이 들어."

잠시 주변을 둘러보던 영일은, 정은을 안심시키기 위해 정은이 예민해서 그렇다고 대수롭지 않게 넘겼다. 하지만, 영일도 공항에서부터 누군가가 지켜 보고 있다는 느낌을 떨칠 수가 없었던 것이 사실이었다.

"그런가? 내가 너무 예민해서 그런가."

"정은 씨 우선 안중근 의사 기념관으로 가보자."

"그래, 나도 도착하면 제일 먼저 그곳에 가보고 싶었어."

조선민족예술관으로 렛츠 고, 정은은 혼잣말하며 어린아이처럼 맘껏 즐거움을 뽐내고 있었다. 하지만 영일은 정은이 불안하거나 초조하면 그 마음을 감추기 위해 즐거운 척을 한다는 것을 알고 있었다.

영일은 그곳에서 6년 전에도 보았던, 관장으로 보이는 한 노인으로부터 안중근 의사에 대한 설명을 들었다. 6년 전의 일이지만 영일은 노인을 알아볼 수 있었다. 하지만 노인은 어딘지 애써 영일을 외면하려는 듯 보였다. 영일은 이미 아는 내용이었지만, 노인의 설명을 귀 기울여 들었다. 영일은 신문기사의 그 노인이 아닌지 유심히 관찰하다가 나즈막한 소리로 물었다.

"혹시 간도국민회 서상용 선생님의 후손이 아니십니까?"

노인은 고개를 치켜들어 자신보다 머리 하나는 큰 듯한 영일을 올려다보았다. 그의 눈에는 경계하는 눈빛이 역력했다. 주변을 잠시 둘러보던 그는 영일을 데리고 그의 사무실로 들어갔다.

"도대체 누구시길래 저를 알아보십니까?"

"아, 인사가 늦었습니다. 대한민국에서 온 최영일이라고 합니다."

영일은 자신을 '조선사 연구회' 회장이라 소개할까 하다, 이 노인이 그런 연구회를 알 리 없다는 생각에 그냥 역사학자라고 자신을 소개했다.

"어째서 저를 찾아오셨는지요?

"저는 백두산정계비에 대하여 몇 가지 여쭈어 보려고 왔습니다."

아니 그걸 왜 저에게, 연신 주변을 둘러보던 노인은 낮은 소리로 물었다.

"간도국민회의 옛 간도일지를 읽다가 안중근 선생님의 동지이신 우덕순 선생님이 서상용 선생님에게 안중근 선생님의 유언을 전하시고 서상용 선생님이 그 유지를 받들었다는 내용이 있었습니다. 혹시 안중근 선생님의 유언이 백두산정계비와 관련된 것이 아닐까 해서 찾아왔습니다."

"제가 사는 곳을 어떻게?"

"요즘 인터넷이 발달해서 숨어 살기란 쉬운 일이 아니거든요."

"내가 서상용 선생의 후손은 맞지만 그런 일이 있었는지는 잘 모르겠소. 피곤하니 그만 돌아가 주겠소."

"저에게는 중요한 일, 아니 대한민국에는 중요한 일입니다. 저도 답답한 마음에 기사 한 줄을 실마리 삼아 여기까지 온 것입니다."

그러나 노인은 여전히 묵묵부답이었다. 영일과 정은은 어쩔 수 없이 사무실을 나섰다. 흐린 날씨 덕택인지 밖은 벌써 짙은 어둠이 깔려있었다.


"정은 씨, 답답한데 고량주나 한 병 하러 갈래?"

평소 술이라면 남들한테 지지 않는 정은이었기에 흔쾌히 응했다.

"저기로 가면 야시장이 있으니 그리로 가자."

영일은 정은의 손을 잡고 시장 쪽으로 향했다. 영일과 정은이 서너 잔을 연거푸 마셨을 때쯤 옆에 그 노인이 앉았다.

"나도 한 잔 주게."

"어, 어르신이 어떻게 여기를?"

영일이 술을 따르자 노인은 말을 이었다.

"나를 기억하겠는가?"

"아, 그럼 6년 전 그분이 맞으시죠. 저는 제가 잘못 본 건가 해서요."

"그래 여기는 또 무슨 일로 온 건가? 중국은 자네가 생각하는 것만 큼 안전하지가 않아. 더욱이 자네처럼 뭔가를 찾으려고 어슬렁거리는 사람들에게는 더욱더 말이지. 뭔가를 찾으려고 어슬렁거리는 사람은 금방 눈에 띄게 마련이네."

"답답해서 왔습니다. 지금 중국에서는 동북공정을 완료하고 한반도 침략에 대한 야욕을 보이고 있습니다."

갑자기 노인이 영일의 입을 막았다.

"목소리를 낮추게. 자네 말대로 안중근 선생님의 유지를 우리 아버 지가 받들어 온 건 사실이네. 하지만 그 지도는 지금 내가 보관하고 있 지 않아."

"지도요? 어르신께서 어떻게 그걸 알고 계시죠?"

"안중근 선생님의 유지가 바로 그 지도일세. 저는 그 유언이 백두산 정계비와 연관된 유언인 줄 알았는데요."

"물론 임시정부에서도 그 정계비를 찾으려고 노력했지만 모두 죽었 어. 임시정부와 간도국민회는 일본의 음모를 알고 매복하고 그들을 기 다렸지만 역부족이었지. 지금은 백두산정계비의 행방을 알고 있는 사람은 없어."

"그럼 중국 역사서에 백두산정계비에 관한 기록이 있는 것도 없습니까?"

"아, 그거야 역사학자인 자네가 더 잘 알 것이 아닌가."

"그럼 그 지도가 혹시 황여전람도인가요?"

"그래. 강희제 56년에 제작된 지도인데 청국과 조선 간의 국경선이 확실히 표시되어 있는 지도일세. 하지만 지금은 공식적으로는 사라지고 없는 지도야. 프랑스 외무부 문서관에 소장되다가 전란의 혼란기를 틈타 사라졌지. 그 지도를 우리 아버지가 건네받았고 또 누군가에게 그 지도를 건네주셨지. 그때 정말 대단했었지. 그 일로 참으로 많은 사람이 희생되었고."

노인은 잠시 눈을 감더니 생각에 빠져들었다.


"아길레라 신부님, 안중근 의사의 유언을 받들 수 있도록 도와주십시오."

"알겠네. 도마가 결국은 조국의 독립을 보지 못한 채 눈을 감았구먼. 도마는 생전 나에게 그 지도를 꼭 자신이, 아니 대한민국의 후손이 가지고 있어야 한다고 말했지. 내 그 지도를 찾아 독립 후 대한민국이 옛 영토를 찾을 수 있도록 돕겠네."

"고맙습니다. 신부님."


"프랑스 선교사 신부님의 도움으로 아버지는 그 지도를 건네받았지만 중국과 일본 경찰은 지도가 중국에 들어 왔다는 첩보를 입수하고는 쥐 잡듯 이 지역을 뒤졌지. 그때 많은 조선인이 아무런 죄없이 끌려가 죽었네. 그래서 아버지는 그 지도를 조선으로 보내기 위해 그분께 맡기셨지."

"그럼 간도가 우리나라 영토라는 걸 입증할 명확한 자료는 없는 건가요?"

"이 사람을 찾아보게. 나도 정확히 어디에 사는지는 몰라. 아마 연변 어디에 산다고 들은 거 같은데. 한 번 찾아보게."

노인은 한국인 이름을 적은 쪽지를 영일에게 건네며 자리에서 일어났다. 영일과 정은은 즉시 터미널에서 지린성으로 향하는 버스에 몸을 실었다.


## 청와대 비서실장실

"최준 팀장, 내일 중국으로 떠난다고?"

"네. 비서실장님. 이미 선발대가 나가 있습니다."

"그럼 쿠데타 세력을 찾는 것은 물 건너간 것인가."

"다른 기관은 어떻습니까?"

"아직 이렇다 할 정황은 없네. 그 대장이란 놈을 잡기 위해 우리가 들인 시간이 1년 가까이 되어가지만 어떠한 단서도 잡지 못했어."

1년 전 청와대 경호팀 무전실에 우연히 잡힌 몇 개의 단어, "청와대" "전복" "D-day" 같은 실마리로 청와대에서는 쿠데타 세력을 찾고 있었다. 비서실장은 자신의 과도한 걱정인가 하는 생각과 만에 하나라는 생각 사이에서 갈등하고 있었다.

"비서실장님. 이번 사건이 그 대장이란 놈과 무슨 연관이 있다는 느낌을 떨쳐 버릴 수가 없습니다."

"왜 그렇게 생각하지?"

"정읍 이초록 병사 살인사건, 이철호 박사 교통사망사건, 그리고 이번 간도 관련 법안 제정, 그리고 또 하나 작계 6020 말입니다. 모두가 별개의 사건 같지만 하나의 공통점이 있습니다."

"그게 뭔가?"

"바로 통일과 관련되었다는 것입니다. 그리고 이 사건들은 일련의 순서를 가지고 순차적으로, 어떤 계획표대로 진행되고 있다는 생각을 떨칠 수가 없습니다. 조금만 기다리시면 그 실체가 뭔지 알 수 있을 겁니다."

제3장
# 북한 정권의 붕괴

## 국정원 본원

"김호영 차장님 미국의 협조는 받아냈습니까?"

"네. 부장동지. 걱정하지 마십시오. 이제 지도만 찾으면 바로 일을 진행시킬 겁니다. 하지만 우리의 계획대로 중국이 움직여 줄지 의문입니다."

"걱정하지 마십시오. 곧 그들도 불안감과 초조함에 움직일 겁니다. 만에 하나 때가 되어 저들이 움직이지 않는다면 부장동지께서 직접 처리하셔야 할 겁니다."

"걱정하지 마십시오."

"그럼 D-DAY에 뵙겠습니다."

## 중국의 움직임

리컹취 주석은 2000년 "동북공정" 연구계획 비준·승인 후 점점 더 초조해져 가고 있었다. 자칫하면 모든 것이 수포가 되고 다민족 국가인 중국의 분열잠재력에 불을 붙이는 꼴이 될 수도 있기 때문이다. 리 주석은 중국사회과학원 원장 왕뤄린을 급히 불렀다. 연구는 마쳤지만 구체적 액션을 언제 취해야 할지 시기를 가늠하고 있었다. 하지만 남한이 저렇게 공세적으로 나오는 바람에 리 주석은 더욱더 초조해하고 있었다.

"「간도 등 고구려수복 특별법안」을 국회 상정한 이후 저들의 움직임은 어떤가?"

"아직 별다른 움직임은 없습니다. 국회에 상정은 됐지만 여야 의원이 심하게 대립하고 있어 통과는 어려울 것입니다. 뭐 통과된다고 해도 무슨 소용이 있겠습니까? 그냥 선언적 문구에 불과할 뿐입니다."

왕뤄린이 대수롭지 않게 대답하자 리 주석은 불쾌한 듯 말했다.

"아니오. 그래도 공청회를 공개적으로 대중매체를 통해서 방송하고 떠들썩하게 하는 것을 보면 무슨 일을 꾸미고 있는 게 틀림없소. 예의 주시하시오. 그리고 그 물건의 행방은 찾았소?"

"아직 못 찾았습니다. 바다 밑을 샅샅이 뒤지고는 있습니다만, 워낙 수색반경이 넓어서."

"그 물건은 바다에 없소. 분명 중간에 누군가가 빼돌린 것이오. 모든 정보망을 가동해서 찾으시오. 그리고 한국에서는 별다른 연락이 없었소?"

"네. CIA에서도 그 물건을 찾으려고 혈안이 돼 있다는 소식밖에는."

"CIA에서도 찾고 있다? 그럼 미국놈들이 한 짓이 아니란 말인가. 혹시 그럼 북에서 그런 것인가."

리컹취는 실타래처럼 점점 더 꼬여 가는 현 정국에 머리가 아팠다. 리 주석은 미국의 지속적인 압박에 대응해 북한을 전략 지역화 할 필요가 있었다. 싸드가 배치되고, 북한까지 미군이 주둔하게 된다면 중국은 빠르게 무너질 수밖에 없었다.

"CIA와 국정원을 계속해서 예의주시하게. 분명 뭔가 준비하고 있는 게 틀림없네."

"네. 주석 동지. 그리고 현재 프로젝트는 계획대로 차질 없이 준비되고 있습니다."

"프로젝트도 프로젝트지만 지도를 빨리 찾으란 말이오."

"지금 프랑스, 일본 등 연관이 될 만한 자들을 모두 찾아서 지도의 행방을 찾고 있습니다."

"이것 보시오. 원장, 그따위 소리 집어치우고 모든 전략자산을 투입해서라도 프로젝트를 시작하기 전까지 그것을 반드시 찾아오란 말이오. 우리가 그것을 찾기 시작한 게 벌써 몇 년째요. 만에 하나 그것이 남한으로 넘어가기라도 한다면 그간 준비해 온 우리의 프로젝트는 국제사회의 도전을 받게 될 것이오. 미국 등 서방 국가에게 참전의 명분을 주어서는 안 된단 말이오. 그리고 일을 좀 더 서둘러야겠소. 지도를 찾을 수 없다면 저들에게 시간을 주지 않고 빨리 일을 처리하는 게 낫겠소. 지금 즉시 리용철 정치국장을 부르시오."

"네, 주석 각하."

이제 곧 전쟁이란 말인가. 리 주석은 중국의 턱밑에 위치하고 있는 한반도 때문에 늘 골치가 아팠다. 중국의 아킬레스건이기도 한 한반도. 그래서 북조선은 반드시 중국의 손안에 넣어야 한다. 남한에 주둔하고 있는 미군은 항상 중국의 골칫거리였다. 지금은 북한이 완충 역할을 하고 있지만 만에 하나 통일이라도 된다면, 중국의 붕괴도 시간문제였다.

리 주석은 동북삼성의 지방 당서기에게 전화를 걸어 다시 한 번 큰

소리로 다그치며 지도를 찾아오라고 지시했다. 리컹춰 주석은 세계 경제를 좌지우지하는 중국을 생각하면 흐뭇했지만, 항상 한반도의 작은 나라 대한민국이 걸렸다. 지금 이대로 간다면야 중국은 경제 뿐만 아니라, 군사적으로도 미국을 추월하고 세계 제1위, 그야말로 팍스차이나가 될 것이다. 미국의 국채를 가장 많이 가지고 있는 나라 중국.

하지만 항상 턱밑에 혹을 달고 다니듯 작은 나라, 대한민국이 늘 걱정되었다. 혹시 통일이 되어 옛 영토를 찾겠다고 나서면 그야말로 문제였다. 통일이 되면 자연스레 민주주의와 자본주의의 바람이 연변 등지를 타고 중국 내로 흘러들어 올 것이고. 간도를 열어주면 그야말로 중국 전체가 흔들릴 것은 불을 보듯 뻔했다.

중국이 북한을 그리도 탐내는 이유가 바로 거기에 있었다. 남한과 중국본토와의 철저한 분리. 중국은 현재 북쪽으로는 러시아와 키르기스스탄을 비롯한 중앙아시아와의 국경 분쟁 중이며, 남쪽으로는 인도와 여전히 분쟁 중이다.

그리고 남사 제도를 비롯한 동남해 연안국과 대만, 일본과 서로의 영해를 주장하며 영토 분쟁에 휩싸여 있다. 대한민국과 또다시 영토 분쟁에 휘말리면 국제적으로 중국을 견제하는 러시아, 미국, 일본 등의 지지를 받을 가능성도 적을 뿐만 아니라, 자칫 간도 문제는 길림성의 연변 조선족 자치구의 독립과 맞물려 나머지 5개 자치구 등 소수민족의 독립운동으로 번질 가능성을 배제할 수없는 일이다. 이것만 생각하면 리 주석은 잠이 오질 않았다.

## 중국 연변

도대체 김호영 차장의 정체는 뭐지? 중국 측 스파이일까? 아니면 미국? 그럼 이철호 박사 사건은 물건을 빼돌리기 위해 김호영 차장이 중국이나 미국과 짜고 벌인 일인가. 도대체 어떻게 돌아가는 건지 알 수가 없었다.

"야, 우찬아! 무슨 생각을 그렇게 골똘히 하고 있어. 우찬아!"

우찬은 최준 팀장의 고함에 놀라 뒤를 돌아보았다.

"푹 자둬. 내일부터는 좀 피곤할 거야."

"근데 그들이 지도를 찾을 수 있을까요?"

"글쎄. 우리의 임무는 그들이 지도를 찾을 수 있도록 도와주는 거야. 그만 자자."

최준은 김호영 차장이 과연 무슨 생각으로 이런 일을 꾸미는지 알 수가 없었다. 정말 옛 고토를 찾기 위해 전쟁이라도 일으키겠다는 건가. 아니면 그냥 대비책인가. 그리고 이철호 박사가 개발하던 그 물건은 뭐고, 어디로 간 거지. 최준도 우찬과 마찬가지로 풀리지 않는 의문에 잠을 이룰 수가 없었다.

## 서울 시내 공원

"대장님, 그들이 지도를 찾으면 어떻게 할까요?"

"지도를 손에 넣으면 알아서 처리하게."

"최준 팀장은 어떻게 할까요?"

"그자도 알아서 처리하게. 살려두면 귀찮아질 거야. 그만 가보게."

"알겠습니다."


## 서울 서초구 내곡동,
## 국정원 본원


따르릉, 따르릉. 전화벨 소리가 요란하게 울렸다.

"네, 김호영입니다."


"차장님, 회의 준비됐습니다."


"바쁘신데 이렇게 회의를 소집하게 돼서 죄송합니다. 여러분들도 잘 아시다시피 지금 국내는 「간도 등 고구려수복 특별법」 제정으로 매우 혼란스러운 상황입니다. 지금 중국의 움직임이 심상치 않은 것도 사실입니다. 그래서 국방부와 저희 국정원은 새로운 전시개념의 작계 6020을 수립, 대통령의 재가와 미국의 승인을 받은 상태입니다."

"북한의 유사상황 발생 시 우리와 북한의 공조가 가능한 일이란 말이오?"

평소에도 김호영을 탐탁치 않게 생각했던 외교안보수석이 먼저 포문을 열었다.

"지금 북한은 무리한 핵개발로 인한 경제붕괴로 인하여 군부가 힘을 잃고 선군정치로 인하여 당 위주의 권력개편이 일어나고 있습니다. 지금 북한은 매우 혼란한 상황입니다. 지금은 김정은 위원장의 최측근인 장진철 수도건설부 제1부 부장과 리용철, 리제강 당 제1부 부장이 실질적으로 지배체제를 구축해 나가고 있습니다만, 여의치 않은 상황입니다. 김정은의 당과 군 장악력에 문제가 있는 게 분명합니다. 수십만 명의 인민이 아사한 걸로 파악되고, 개중에는 군인들도 상당수 껴 있다고 합니다. 여기에 불만을 품은 일부 소장과 장성들이 우리 쪽에 합류하기로 이미 약속했고 유사시 평양을 사수할 수 있도록 우리 군부가 지원하기로 약속했습니다."

"그럼, 구체적으로 어떤 식으로 진행되는 것입니까."

외교안보수석이 물었다.

"만약 북한에 유사사태가 발생했을 경우 중국이 북한지역을 선점하지 못하도록 한미공조하에 북한지역을 우리 군이 먼저 선점하는 것입니다."

"그럼 그 시기가 언제란 말입니까?"

"머지않은 것으로 생각됩니다. 우리가 명분을 얻기 위해서는 중국의 움직임을 포착해서 즉시 대응하는 것이 중요합니다. 중국 측에서 동북공정 결과를 발표하고 북한에 대한 구체적인 액션이 있을 때 그 타이밍을 잡아야 합니다. 그리고 이제 그 시점이 멀지 않았습니다. 국운이 걸린 일이니 국가안전보장위원님들은 보안에 유의하시기 바랍니다."


## 지도를 찾아서


영일과 정은은 노인이 건네준 쪽지를 받아들고 일단 간도국민회가

주로 활동했던 연변지역으로 가기로 했다.

"영일 씨, 일단 연변으로 가봐요. 거기 가면 뭔가 단서를 찾을 수 있을지도 몰라요."

"그래. 지금은 달리 방법이 없으니. 일단 가보자."

영일과 정은은 지린성의 성도 장춘으로 가기 위해 하얼빈역으로 향했다.

"거기에는 조선족들이 많으니 물어보면 아마 그 사람을 찾을 수 있을 거예요."

정은은 평소 발랄한 자신의 성격대로 자신 있다는 듯, 그리고 흥분된 듯 말했다.

"글쎄요. 생각보다 쉽지 않을 거 같다는 생각이 드는군요."

3시간여 정도 지나 장춘에 도착한 영일과 정은은 다시 왕칭현으로 이동하기 위하여 버스를 기다리고 있었다. 그때 낡은 트럭 한 대가 그들의 앞에 차를 멈추고 섰다.

"어디들 가시오?"

"네, 왕칭현으로 갑니다."

"괜찮으시면 타슈. 내가 그리로 가는 길이니 기름값이나 좀 내고 같이 타고 갑시다. 영일과 정은도 마침 피곤한 터라 그의 제안을 흔쾌히 허락했다. 사실 요즘 돈벌이가 시원치 않아서 이렇게 관광객을 태워서 기름값도 하고, 용돈도 벌곤 하오. 내가 이 지역에 산 지 오래돼서 웬만한 관광지는 다 알거든."

"왕칭현에서 오래 사셨나 봐요?"

"머리털 나고 계속해서 살았으니 한 45년쯤 되겠지. 이미 알겠지만 중국에서 거주지를 옮긴다는 게 그리 쉬운 일이 아니잖소."

왕칭현은 인구 25만의 비교적 작은 도시였다.

"그래, 백두산이나 두만강변 관광하러 오셨소?"

"아니요, 저희는 사람을 찾으러 왔습니다."

그러자 갑자기 사내는 경계하는 눈빛으로 돌변했다.

"혹시 탈북자를 도우러 온 선교회 같은 거요?"

"아닙니다. 저희는 구정원이라는 분을 찾고 있습니다."

"구정원이라, 나는 잘 모르지만 일단 가서 찾아봅시다. 가서 물어보면 아는 사람이 있을지도 모르니까."

사내는 가속 페달을 힘껏 밟았다. 두어 시간을 달리자 왕칭현에 접어들었고 반 시각쯤 시골길을 더 달리자 조그마한 마을 하나가 눈에 들어왔다.

"여기가 어디죠?"

"여기가 왕칭현에서는 우리 조선족이 제일 많이 사는 동네고, 여기 백 살 가까이 되는 노인네가 한 분 있는데 그분이 여기서 제일 오래 산 사람이니 혹시 물어보면 알지도 모르겠소."

"백 살이요?"

정은이 신기하다는 물었다.

"글쎄. 정확한 나이는 모르지만, 사람들이 그렇다고 하네요."

영일과 정은은 노인에게 한 가닥 희망을 품는 수밖에 없었다.

"일단 저 식당에 들어가서 기다리시오. 내가 가서 그 노인을 모시고 올 테니."

한 30분쯤 지나자 백발이 무성한 노인 한 분이 들어왔다.

"할아범 여기 막걸리 한 잔 마시고 저 젊은이들이 물어보는 거에 차

근차근 생각해서 잘 대답해 주시구려."

"할아버지 저는 한국에서 온 최영일이란 사람입니다."

노인은 몸이 불편했는지 고개를 잔뜩 늘어트린 채 막걸리만 마시다 한국에서 왔다는 그 말에 고개를 잠시 들어 올렸다 힘에 부쳤는지 이내 다시 고개를 떨구었다.

"어디? 한국이라고 그랬어? 거기는 내 아버님의 나라지. 나도 꼭 한번 가보고 싶었는데. 이제는 글렀어. 그래 내게 물어본다는 게 뭐야?"

"할아버지 저희는 한국에서 사람을 찾으러 왔습니다."

"누구를 찾으러 왔는데?"

노인은 가쁜 숨을 몰아쉬며 힘들게 되물었다.

"할아버지께서 이곳에서 가장 오래 사셨다면서요."

"그렇지, 이곳에서는 의료혜택을 받기가 쉽지 않지. 나처럼 이렇게 오래 산다는 거 자체가 기적이지."

"혹시 구정원이라는 분을 아세요?"

노인은 영일을 잠시 쳐다보더니 고개를 약하게 흔들었다.

"나는 처음 듣는 이름인데. 근데 그 사람은 왜 찾는 거야? 그것도 멀리 한국에서 여기까지 와서."

크게 낙담한 영일은 여기서 이러고 있는 게 시간 낭비는 아닌가 싶어 정은을 잠시 쳐다보았으나, 정은은 그간의 자초지종을 차근히 말해 주었다. 정은은 할아버지에 관한 이야기를 아버지한테서 많이 듣기는 했으나, 막상 한 번도 뵌 적이 없었다. 어쩌면 할아버지에 대한 향수 같은 것일까. 손주, 손녀에게는 더없이 다정한 흰머리가 자신의 친할아버지에 대한 기억을 정은에게서 끌어내고 있는 거 같았다. 정은은 어쩌면 저 노인한테서 할아버지에 대한 향수를 느끼고 있는지도 모른다는 생각이 들었다. 한참을 듣고 있던 노인이 말했다. 노인의 부어오른 손가락 마디마디와 주름진 얼굴에서 중국에서의 힘겨웠던 삶을 느낄 수 있었다.

"아버지께서는 때가 되면 한국에서 누군가 나를 찾아올 거라고 말씀하셨지. 진실은 한국에 있을 거야. 나의 아버님께서 그걸 이동휘 선생님께 넘기는 걸 난 그날 똑똑히 보았거든."

"네? 무슨 말씀이신지 자세히 좀 얘기해 주세요."

노인은 이날을 위해 기다렸다는 듯이 말을 하기 시작했다.

"1931년 8월인가 됐을 거야. 상해정부에서는 간도협약 이후 해방 후에는 후손들이 간도를 꼭 찾아주길 바랐지. 그래서 간도가 우리 영토였다는 역사적 증거를 찾아 후손에게 남기려고 했어. 백두산정계비를 사수하는 데는 실패했지. 일본군은 추후에 생길 분쟁의 소지를 없애려는 중국군의 요구를 받아들여 백두산정계비가 있는 백두산으로 등산객으로 가장한 간도파출소 군경을 보냈지. 이에 임시정부와 간도국민회는 이들을 추적했지만 모두 전사하고 말았지. 하지만 당시 프랑스 외무부에 보관되어 있던 그 지도가 있다는 것을 임시정부와 일본, 중국 정부 모두 알고 있었네만, 그걸 가져올 방도가 없었지. 그때 도마 안중근 선생님의 사형선고 소식을 들은 선교사 아길레라라는 분이 그 지도를 평소 친분이 있었던 우리 아버님께 넘겨주셨지. 아마도 안중근 선생께서 평소 알고 지내던 선교사들한테 간곡히 부탁했던 게야. 그리고 20년 후에야 그들도 안중근 선생님의 애국심을 알고 그 지도를 넘겨주셨던 거지."

"그럼 할아버지가 혹시 구정원 선생님이세요?"

"그래 맞네. 지금껏 신분을 숨기고 살아온 게 80년이지. 덕분에 목숨을 부지할 수 있었지만, 제대로 된 삶을 살 수는 없었네. 늘 공안에게 쫓기는 악몽에 시달리며 제대로 된 교육 한 번 받을 수 없었지. 하지만 이제 이깟 부질 없는 목숨을 구걸해서 뭐하겠나? 내가 아마 지금까지 살아 있었던 이유도 아버지의 유언을 지키기 위해서였는지 모르겠네. 그래도 조국을 위해 조금이나마 보탬이 된 게 이리 뿌듯할 수가 없네. 조국이 있다는 게 얼마나 가슴 벅찬 일인 줄 아나. 나라 없이 살아간다는 게 참 서럽더라고."

노인은 눈물을 흘리고 있었다.

"하, 내가 주책없구먼, 이곳은 위험하니 어서 이곳을 떠나게."

그러고 보니 언젠가부터 그 사내가 보이지 않았다. 영일은 불안한 생각이 들었다. 그때였다, 공안 서너 명이 가게 안으로 들이닥쳤다.

"야, 이것들을 모두 차에 태우고 노인은 당 사무실로 데리고 가."

"이게 무슨 짓이에요, 우리는 한국에서 온 관광객이란 말입니다."

정은이 소리쳤지만 소용없었다.

"허튼소리 마, 너희들을 공항에서부터 미행해 왔어. 너희를 간첩죄로 체포한다."

우두머리로 보이는 사내가 잠시 옆의 사내를 쳐다보더니 묘한 웃음을 띠었다. 역시 그 사내였다. 처음부터 수상하다는 생각이 들었다. 그는 당에서 조선족을 관리하는 당 부주임이었다.

"저는 기자예요. 우리는 중국의 관광지를 취재하러 왔을 뿐이라고요."

정은은 소리쳤다.

"닥쳐. 더이상 소란스럽게 하면 곱게 가지는 못할 거야."

차는 곧바로 시내를 벗어나 외곽으로 달리기 시작했다. 분위기가 공안사무소로 가는 길 같지가 않았다. 눈을 가리고 있어 어디로 가는지 정확히 알 수는 없었지만 시내로 가지 않는 것만은 확실했다. 새소리가 들리는 것을 보니 산속으로 가고 있다는 생각이 들었다. 권총으로 뒷머리를 가격당한 정은과 영일은 이내 정신을 잃었다. 얼마 동안 정신을 잃은 걸까. 차가 멈춘 뒤 이어진 고함에 두 사람은 간신히 정신을 차렸다.

"내려, 이 새끼들아."

두 사람은 창고로 끌려가 던져졌다.


"김호영 차장님, 그들이 공안에 붙잡혔습니다. 아무래도 간첩죄로 붙잡힌 거 같습니다. 공안사무소로 가지 않고 제3 체크포인트 고문실로 데리고 간 걸 보면 살려둘 거 같지는 않습니다."

"그래, 그들이 뭔가를 알아낸 거 같은가?"

"왕칭현의 작은 마을에서 노인 한 사람을 만났는데 그때 공안이 들이닥쳤습니다. 노인한테서 무슨 사실을 알아낸 거 같습니다."

"그 노인은 어떻게 됐나?"

"노인도 역시 간첩죄로 붙들려 갔습니다. 어떻게 할까요?"

"일단 단서를 포착할 때까지는 우리에게 필요한 사람들이네."

"네, 차장님."

"조심하게. 만약 우리 요원들이 관여하게 된 걸 알게 되면 외교분쟁으로 번질 수가 있네."

"네, 명심하겠습니다."


"우찬아, 이제 작전 개시할 때가 된 거 같다."

## 북한 정권의 붕괴 조짐

식량난과 연료난이 수년째 계속되자 북한의 주민들은 서서히 동요하기 시작했다. 김정일이 죽고 김정은이 권력을 이어받았지만 3세대 권력 승계의 한계와 김정은의 리더십 부재까지 권력 누수가 발생하고 있었다. 후계자 김정은은 리용철, 리제강 등 쟁쟁한 당내 정치위원들로부터 철저히 배제당한 채 간신히 목숨을 부지하는 처지였다. 더욱이 중국의 고립정책에 북한은 친중세력에 의해 좌지우지되고 있었다.

군부의 장성들은 어떻게든 자신의 기득권을 지키기 위하여 중국 측에 줄을 대고 리용철 등 당 위원의 뜻에 따라 움직이고 있었다.

"어차피 우리 북은 이대로는 얼마 못 간다 아닙니까? 부장동지, 정은이가 저래 맥 놓고 있을 때 우리가 먼저 확 쳐버립시다. 그래서 우리가 통치하고 잘 살면 되지 않습니까?"

"문제는 정은이가 아닐세. 저 창바이산의 중국놈들이지. 지금 우리 군부도 친중파와 소장파로 나누어지고 있어. 저들은 우리를 통째로 삼키려고 할 걸세. 일본에 이어 중국에게 나라를 팔아먹는다면… 있을 수 없는 일이네. 그러면 어찌 됐든 우리는 역사에 나라를 팔아먹은 매국노로 기록될 거야. 이제 우리는 더이상 잃을 것도, 더 물러설 곳도 없네. 평생을 헐겁고 배고프게 살아온 우리 인민일세. 근데 이제 와서 우리 인민을 중국놈들 식민지 아래 노예 같은 삶을 살도록 할 순 없지 않겠나? 어차피 우리가 쿠데타를 하게 되면 중국에서 가만히 있지는 않을 걸세. 당장 선양군구의 군대가 밀고 내려올 걸세. 그렇게 되면 우리는 승산이 없네. 그럼 우리 인민들은 중국의 노예처럼 살게 될 거야. 아무런 준비 없이 저들에게 도발의 명분을 주어서는 안 되네."

"그럼 어떻게 해야 합니까?"

"조금만 기다리게. 우리가 품은 원대한 꿈을 펼칠 기회가 올걸세. 남한에서도 차질 없이 진행하고 있으니 조금만 기다려보세."

"알겠습니다. 부장동지."

"물건의 완성 시기는 언제쯤 되겠나?"

"거의 다 되어 갑니다. 어떻게 그런 물건을 만들 생각을 했는지 그 박사 정말 천재인 듯합니다. 설계도가 완벽합니다. 김성규부장은 그날 한지희의 행동이 석연찮았다. 혹시 한지희가 미국측에 정말로 매수된 것인가.

"훌륭한 사람인데 마지막까지 우리와 뜻을 같이 하기엔 그릇이 작은 사람이었지. D-DAY에 쓸 수 있도록 차질 없이 준비토록 하게."

"네. 부장동지."


## 정은과 영일


눈을 가린 채 하루가 지나자 밖에서 희뿌연 먼지와 함께 지프 차가 멈춰서는 소리가 들렸다.

"영일 씨 누가 왔나 봐요."

"아마도 우리를 취조 하러 왔겠죠. 아무래도 느낌이 좋질 않아요. 이런 산속으로 우리를 데려왔다는 건 살려둘 의사가 없다는 뜻이겠죠. 이대로 있어서는 안 되겠어요."

"무슨 수라도 있어요?"

"생각해 봐야죠."

이때 문 여는 소리가 들리고 누군가 둘의 눈가리개를 풀었다. 눈을 가린 지 하루밖에 되지 않았지만 밖에서 들어오는 빛과 백열등의 하얀 불빛 때문에 눈을 뜰 수가 없었다. 마치 경찰차가 범죄 소탕 시 비추는 공격용 서치라이트를 눈에 비추는 것 같았다.

"노인은 너희들이 지도를 찾는다고 이미 말했다. 우리에게 모든 걸 말하고 협조하면 너희는 살 수 있다. 그러니 있는 그대로 우리에게 말해라. 너희가 그걸 찾아 정부에 가져다준들 한국 정부는 아무것도 할 수가 없다. 당장 너희 나라가 너희들에게 무얼 해줄 수 있겠는가? 우리에게 말하고 협조하면 중국에서 편하게 살게 해주겠다."

"그 할아버지를 어떻게 한 거예요!"

정은이 소리쳤다.

"노인네는 어차피 얼마 안 남은 인생이지만, 아가씨는 아직 젊은데 아가씨 걱정이나 하는 게 좋을 텐데. 그 노인네는 우리가 편하게 보내줬지."

"나쁜 놈들, 우리는 아무것도 몰라요. 그냥 관광지를 취재하러 왔을 뿐이라고요."

"이년이 아직 정신을 못 차린 거 같은데, 고문의 고통은 너희 조선놈들도 잘 알고 있겠지. 일제 시대 때부터 고문을 당해서인지 조선놈들은 질기단 말이야."

"괜히 힘 빼지 마시고 일단 걸어놨다가 시작하시죠. 리진창 주임님."

"그래. 일단 둘 다 걸어봐."

정은과 영일은 처음에는 무슨 소리인지 알지 못했다. 친절하게도 우두머리인 것처럼 보이는 놈이 천천히 설명을 해주었다.

"두 개의 엄지손가락을 뒤로 해서 천장에 매달아 묶어 놓고 3~4분이 지나면 발끝이 땅에 닿을 정도로 몸이 축 늘어지고 온몸에서 식은땀이 흐르지. 약한 놈들은 똥오줌을 싸기도 하지. 그리고 4~5시간이 흐르면 혓바닥을 내밀고 숨이 끊어지기 직전까지 가지. 그때 내려놓는 거야. 그리곤 또다시 매달고, 그렇게 서너 번 반복해서이제까지 불지 않는 놈이 없었지."

영일은 리진창이 탈북자들을 상대로 수많은 고문을 자행한 거 같다는 생각을 했다. 리진창의 말대로 3~4분이 지나자 정말 온몸에 땀이 비 오듯 쏟아지기 시작했다. 두서너 시간이 지나자 정은은 더이상 참을수가 없을 거 같았다."

"이제 이대로 죽는 건가요…"

"정은 씨 조금만 참아요. 그냥 들은 걸 다 말합시다. 우리가 들은 게뭐 큰 비밀도 아니잖소. 우리가 지도를 가진 것도 아니고. 영일은 정은이 걱정돼서 참을 수가 없었다. 저러다 정은이 죽을 수도 있다는 생각이 들었다."

"아, 안돼요. 영일 씨. 저들은 수년간 지도의 행방을 쫓은 놈들이에요. 우리의 말 한마디가 저들에게는 중요한 단서가 될지도 몰라요."

그때였다. 밖에서 총성이 몇 번 들리더니 안에는 연막탄이 터져 희뿌연 연기로 가득했다. 레이저 불빛과 함께 방음 총소리가 연달아 공안의 가슴을 정확히 관통했다. 이윽고 친숙한 한국어가 들려왔다.

"빨리 내려, 부축해서 모시고 나가."

"네. 팀장님."

영일과 정은에게 지금 이 순간처럼 한국말이 정겹게 들린 적은 없었다.

"근데 누구시죠?"

"일단 타시죠. 빨리 국경을 넘어야 합니다."

"잡아라, 놓치면 안 된다. 우리는 일단 러시아 국경으로 간다. 안심하세요. 저는 국가정보원의 최준 팀장이라고 합니다. 어떻게 지도의 행방은 찾았습니까?"

"그걸 어떻게 아시죠?"

"정부도 그 지도를 찾고 있습니다. 사실 정은 씨 부친의 죽음에는 의문점이 많습니다. 박사님은 뭔가를 개발하고 계셨습니다. 중국, 미국 등 강대국도 원하는 굉장한 위력을 가진 물건임이 틀림없습니다. 그래서 아마도 어느 세력에 의해 살해당하신 게 아닌가 생각합니다. 저들은 동북공정을 빌미로 북한에 유사상황이 발생할 경우, 군대를 파견할 겁니다. 그걸 서두로 후속 작업을 진행해 나가겠죠."

"후속 작업이란 게 뭐죠?"

"북한침탈이겠죠."

영일이 혼잣말처럼 되뇌었다.

"그럼 저들이 노리는 게 단순히 역사 왜곡이 아니라 한반도란 말인가요."

"그래요. 그래서 그걸 막을 자료가 필요한 겁니다."

"모르겠어요. 지도가 어디에 있는지는. 하지만 그 할아버지 말대로라면 그건 우리 할아버지한테 있다는 얘기에요. 이동휘 선생님이 바로 우리 할아버지거든요. 하지만 아버지께서 할아버지는 시베리아에서 돌아가셨다고 했어요."

"모르겠어요. 일단 한국에 있는 아버지 별장으로 가봐야겠어요. 거기에 가면 뭔가 단서를 찾을 수 있을 거 같아요."

"일단 블라디보스토크로 최대한 빨리 가야 합니다. 이미 중국에서 한국으로 넘어가기는 어려울 겁니다. 공안과 당 주임까지 죽었으니, 이제 곧 그들이 추격해 올 겁니다."

국정원 직원과 영일 일행은 CIA의 협조로 국경을 별다른 제지 없이 통과할 수 있었다. 블라디보스토크에 도착한 그들은 속초항에서 온 동춘호에 몸을 실었다. 4시간여를 달려 자루비노에 도착한 동춘호는 30분간의 휴식을 마친 후 스크류에 물보라를 일으키며 속초항을 향해 움직이기 시작했다.

"이제 우리는 속초로 갈 겁니다."

"잘됐어요. 아버지 별장이 고성군 토성면에 있어요. 아버지는 여름이면 가족들을 데리고 항상 그곳을 갔어요. 가서는 며칠동안 들어가셔서 책만 보시곤 했던 기억이 나요."

국정원의 배려로 귀빈실에 자리를 잡은 정은과 영일은 죽다 살아난 기분을 갑판 위의 바닷바람을 맞으며 달래고 있었다. 정은과 영일은 속초로 돌아오는 배 안의 16시간 동안 과연 애국심이란 무엇일까라고 가슴으로 생각했다. 이 드넓은 망망대해에 돌아갈 조국이 있다는 게 이렇게 눈물겨운 적은 없었다.

이제껏 자신은 애국과는 거리가 먼, 21세기 지구촌 시대에 국경과 인종의 구분이 별 의미가 없는 시대에 애국심이란 이율배반적이란 생각이 들었다. 돈만 있으면 어디든 가서 살 수 있다는 극도의 개인주의 탈국가주의가 시대의 트렌드라고 생각했는데. 노인의 그 서러움이 가슴속 깊이 느껴졌다.

중국 공안에게 붙잡혔을 때부터 가슴속 깊이 뜨거운 무언가가 울컥하는 그 기분을 잊을 수가 없었다. 공포감과 더불어 가슴을 울컥하게 한 그 무엇을 정은은 말로 표현할 수가 없었다.

"정은 씨, 뭘 그렇게 생각해요?"

"타지에서 죽다 살아나서 그런지 대한민국, 한국이란 곳이 정말 그립고 과연 애국심이란 무엇일까 생각해봤어요."

"저도 같은 생각을 하고 있었어요. 이제껏 역사학자로 역사 앞에 당당하다고 생각했는데. 그게 아니었어요. 지금껏 내 연구목적을 위해 과거를 연구하고 탐사하고 했지만. 과거를 밝혀 우리나라의 미래와 국민의 앞날을 위해 연구해야 한다는 역사학자로서의 사명감은 단 한 번도 가진 적이 없거든요. 조국과 국민을 위해 그 지도를 찾아야 한다면 꼭 그렇게 하고 싶어요. 이것이야말로 역사 앞에 떳떳한 나 자신을 만드는 길이니까요."

700㎞의 거리를 항해하는 16시간 동안 배 안에서 보낸 영일과 정은은 피곤할 법도 하지만 잠시의 틈도 없이 아버지의 별장이 있는 고성군 토성면으로 발길을 옮겼다. 속초항에는 22사단 소속의 율곡부대장이 지프 차를 대기시켜 놓고 있었다.


"이제 내일이면 김호영 차장의 정체를 알 수 있겠지."

"팀장님 말씀드릴 게 있어요."

"뭔데?"

"이 사진을 보세요."

우찬은 인터폴에서 받은 사진을 최준 팀장에게 건넸다.

"이거 차장님 맞죠? 이 여자는 이철호 박사님을 죽인 피의자 집에서 나온 사진에 있던 여자예요. 도대체 어떻게 돌아가는 건지 알 수가 없어요."

"이 여자의 정체는 뭐지? 그리고 차장님은? 내일 파일을 열어보면 알 수 있겠지."

## 중국 북경

"리컹취 주석님, 큰일 났습니다."

"무슨 일인가?"

"그들이 도망쳤습니다. 러시아 국경을 넘어 한국으로 들어간 거 같습니다."

"뭐야? 지도는?"

"그게 갑자기 무장병력이 들이닥쳐서 당 주임과 공안들을 죽이고 러시아 국경으로 도망치는 바람에 잡을 수가 없었습니다."

"만약 그들이 지도를 손에 넣기라도 한다면 큰일이다. 빨리 리용철에게 전화를 넣게. 아무래도 일을 진행시켜야 할 거 같네."

지도가 한국의 손에 넘어가면 미국 등 서방국가에 참전명분을 주게 된다. 리 주석은 초조함을 감출 수가 없었다.

"네. 주석 각하."


## 전쟁의 서막

"대장님 괜찮을까요?"

김호영 대장의 옆에 앉은 수행 비서가 불안한 마음을 내비쳤다.

"뭐가 말인가. 이제는 한편일세. 우리가 그들을 믿지 못하면 그들도 우리를 믿지 못하게 되네."

"알겠습니다."

대장이 탄 차는 파주의 통일전망대를 거쳐 출경사무소를 통해 개성공업지구관리사무소로 이동하고 있었다. 비무장 지대를 지나자 북한 군 초소의 병사들이 여기저기 눈에 띄었다. 그래도 전방이라 그런지 그리 어린 병사나 빈약한 병사는 눈에 띄지 않았다. 역시 등잔 밑이 어둡다고 했던가. 그들의 눈을 피하기 가장 쉬운 곳은 그들의 심장부였다. 대장은 거사를 시작하기 위해서는 상호신뢰 구축이 무엇보다 중요하다는 것을 알고 있었다.

그것은 김성규 인민무력부장을 직접 만나는 것밖에는 달리 방법이 없다는 것도 알고 있었다. 사무소에 도착하자 김성규 무력부장이 이미 도착해 있었다.

"그동안 잘 지냈소, 동무."

대장과 김성규는 서로 인사를 나눈 뒤 자리에 앉았다.

"그래, 위원장께서는 안녕하시죠?"

"위원장께서야 늘 고만고만하시죠. 지금 그 좌절감을 견디느라 술에 빠져 지내고 있습니다. 역시 무리였어요. 3세대 세습은."

김성규는 처음부터 단추가 잘못 끼워진 것에 대한 아쉬움을 내비쳤다.

"저들의 움직임은 어떻습니까?"

"글쎄요. 곧 그들이 무리수를 둘 겁니다."

"우리가 따로 밥을 먹으며 서로의 등에 총을 겨눈 지 60년도 넘었는데 잘 될지 걱정입니다."

대장이 걱정스레 말을 꺼냈다.

"걱정하지 마시지요. 우리 인민군은 명령에 죽고 명령에 사는 강병입니다. 그리고 60년 아니라 100년을 떨어져 있다고 한들 피가 묽어지겠습니까? 저 중국놈들로부터 나라를 지키고 대국을 만드는 일인데 피가 물보다야 진하겠지요. 저 옛날 을지문덕 장군 시절부터 중국으로부터 나라를 지키기 위해 얼마나 많은 사람이 희생되면서 지켜온 나라가 아닙니까?"

"물건은 다 완성됐습니까?"

"네. 완성됐습니다. 이제 중국에서 움직이기만 하면 됩니다."

"걱정하지 마시지요. 이제 저들은 조급함에 곧 움직일 겁니다."

둘은 5분간의 짧은 대화를 마친 뒤 재빨리 각자의 차에 올랐다.

"김호영 장군, 이제 시간이 얼마 남지 않았소."

김성규 무력부장은 반가움의 뜻으로 20년 만에 처음으로 그의 이름을 불렀다.

김호영 장군은 뒤를 돌아보면 미소를 띠고 있는 김성규 무력부장을 보았다. 언제쯤이면 우리 민족이 마음 놓고 크게 웃을 수 있을까하는 생각을 하며 호영은 차에 올랐다. 김호영 차장은 김성규 무력부장을 군대에 있을 때 처음으로 만났다. 1996년 강릉 잠수함 침투사건으로 경색된 남북관계를 회복하기 위해 판문점에서 그를 처음으로 만났다. 그로부터 20년이 지난 지금은 하나의 목적을 가진 동지가 되었다.

"일단 1사단으로 가자."

"네. 대장님."

미리 조용히 입차 하겠다는 연락 덕택에 대장이 탄 차의 호랑이 불이 차 앞에서 반짝이자, 조용히 바리게이트가 치워지고 작전대위의 안내를 받아 지하벙커로 향했다.


"대장님 늦은 시각에 어떻게 여기까지?"

"상황이 급박하게 돌아가고 있소. 얼마 남지 않았으니 만만의 준비를 해야 할 거요."

"근데 계획대로 될지 걱정입니다. 주한미군 병력이 걱정입니다."

"일단 일이 벌어지면 미국도 어떻게 하지 못할 걸세. 주한미군은 여기 수도방위사령관이 잘 막아 줄 거고."

"걱정하지 마십시오. 안 그래도 일이 벌어지면 25개 한강 다리를 모두 폭파해서 저들이 올라오지 못하도록 시간을 벌 겁니다. 일단 자네는 사태가 벌어지면 흑표전차를 앞세워 9사단, 25사단, 28사단을 이끌고 신속히 평양으로 진입하게. 상황이 여의치 않으면 뒤에서 수기사, 양기사, 필승, 불무리 등 모든 기계화 사단을 투입할 거야. 평양으로의 신속한 진입과 선점이 관건일세. 만약 저쪽에서 평양을 선점하면 모든 것이 수포로 끝나게 되네. 물론 북쪽에서 일부 시간을 벌어 주겠지만 위에서 밀고 내려오면 모든 게 끝일세. 일단 흑표를 이끌고 전속력으로 평양까지 가게. 그 뒤는 기계화 사단이 버텨 줄 걸세. 모든 것이 김 장군 어깨에 달렸어."

"네. 대장님."

김성일 장군은 갑자기 등 뒤에서 식은땀이 흘렀다. 육사 36기인 김 장군은 평소 대담하며 굳은 심지로 소장파에서도 신망이 두터웠다. 대장과는 육사 선후배 사이로 대장이 평소 통일에 대해서 자주 얘기하긴 했지만 그의 시나리오가 이렇게 신속하고 장대할 줄은 미처 몰랐다. 잘못하면 제3차 세계대전도 야기할 수 있는 전투였다. 미국과 중국의 전면전. 이것은 곧 제3차 세계대전을 의미하는 것이 아닌가.

이는 단순 전투로 끝나기에는 힘들어 보였다. 이것은 분명 전쟁으로 발전하고 결국은 미국, 러시아, 일본 등도 전쟁에 참여할 수밖에 없어 보였다. 출정을 앞둔 계백 장군의 마음이 이러했을까. 김 장군은 평소 존경하던 계백을 떠올렸다. 잘못하면 자신은 역사에 제2의 한반도 전쟁을 일으킨 주범으로 기록될 것이며, 잘하면 통일의 주인공으로 역사에 기록될 수도 있을 터였다.

이제껏 군인정신으로 무장된 삶을 살아온 자신이었다. 하지만 정작 큰일 앞에서는 덧없이 작아지는 자신에 대해 김 장군은 다시 한 번 채찍질을 가하며 마음을 다 잡았다. 그는 곧 사단장 회의를 소집했다. 계급은 다 같은 소장이었지만 대장이 대통령으로부터 받아준 특별전시 지휘권 덕택에 그는 인근의 사단장을 통솔할 권한을 가지고 있었다.

"이제 때가 멀지 않았습니다. 각 사단장님께서는 예하 부대의 기강을 세워주시고 언제든 비상 출동할 수 있도록 비상근무체제를 유지해 주시기 바랍니다."

김 장군은 GOP로 향했다. GOP에서 보이는 북한은 정말 엎어지면 코 닿을 곳이었다. 하지만 1953년 7월 25일 휴전협정 이후 단 한발도 들여놓지 못한 곳이었다. 하지만 이제 조만간 저 낯선 땅을 밟을 수 있다는 생각과 또다시 피비린내 나는 전투가 벌어진다고 생각하니 만감이 교차했다. 김호영 장군의 결정에 동의하기는 했지만, 아직도 자신은 잘한 것인지 확신할 수가 없었다.


## 지도를 찾아서 2

무사히 속초항에 도착한 정은과 영일은 고성군 토성면에 있는 정은의 아버지 별장으로 향했다.

"가면 뭔가 떠오를까요? 걱정돼요."

"지금으로선 달리 방법이 없어요. 일단 정은 씨 아버님의 별장에 가 보는 수밖에."

"그래요, 일단 가서 아버지가 저에게 들려주신 이야기들을 하나씩 떠올려 보아야겠어요. 국정원 직원들과 대동하니 한결 안심되는데요."

"걱정하지 마세요. 혹시 몰라, 이곳 22사단 수색대대에도 연락을 취했으니 그들이 별장 주변을 수색하며 원거리 경호를 하고 있을 겁니다."

정은은 별장을 보자 아버지 생각에 눈물이 흘렀다. 아버지가 돌아가시기 전까지는 한 해도 거르지 않고 이곳으로 휴가를 왔기 때문이다. 정은은 휴가 때마다 아버지가 늘 책을 읽던 서재로 들어갔다. 아버지의 책상에는 희뿌연 먼지가 쌓여 있었다. 정은은 갑자기 아버지 생각이 나서 자신도 모르게 눈시울이 붉거졌지만 억지로 울음을 참았다.

"정은 씨, 뭐 생각나는 게 있어요?"

영일은 정은에게로 다가가 물었다. 영일의 물음에 정은은 아버지의 생각에서 벗어났다.

"아니요. 전혀 생각나는 게 없어요."

"아버지께서 역사에 관심이 많으셨나 봐요. 저도 처음 보는 역사서적이 여러 권 있네요. 정은 씨 아버지는 전기공학박사님 아니셨나요?"

"맞아요."

"근데 서재가 왜 이렇게 역사책으로 가득 채워져 있죠?"

"아마 할아버지에 대한 그리움과 존경심 때문일 거예요. 아버지는 할아버지를 무척 존경하셨거든요. 근데 독립운동 후손들이 독립운동가의 후손으로 인정받지도 못하고 또 대부분 어렵게 살고 있으니까 아버지께서 그들을 많이 도와주셨어요. 아마 그러다 보니 자연스럽게 역사에도 관심을 두게 되셨겠죠."

"일단 여기 앉아서 이 책들을 살펴봐야겠어요. 이 책들에 뭔가 단서가 있지 않을까요?"

"하지만 이 많은 책을 언제 다 보겠어요?"

"서둘러서 읽으면 며칠이면 읽을 거예요. 그래도 제가 속독에는 일가견이 있거든요."

"하지만 저들은 이제 곧 동북공정을 토대로 한반도 침입을 시작할 거고 때맞춰 지도를 찾지 못하면 다 무슨 소용이겠어요."

영일은 조급한 마음에 여기저기 널린 책들을 서둘러 들춰보았다. 영일과 정은은 일단 백두산정계비가 세워진 조선사부터 차례로 읽어 나가기로 했다. 읽어도 읽어도 끝이 보이질 않았다. 사실 이 책을 다 읽는다고 해도 여기에 답이 있다는 보장도 없었다. 책을 읽다 지친 둘은 잠이 들었다.


호영을 의심하고 있던 최준은 호영의 노트북에 방안을 녹음할 수 있도록 해킹프로그램을 깔아 두었다. 방안에는 늘 도청장치 검사를 해서 도청이 불가능할 줄 알았다. 하지만 그는 후배로부터 노트북 내장 마이크를 활용해서 도청을 할 수 있다는 얘기를 듣고 차장과 화상회의 시 프로그램을 깔아 두었다.

이제 이 파일만 확인하면 모든 걸 알 수 있을 것이다. 최준은 호영의 노트북으로부터 수집된 음성 파일을 열고 이어폰을 귀에 갔다 댔다.


"아, 잘 잤다."

잠에서 깬 정은이 영일을 흔들어 깨웠다.

"잠깐 잠들었나 봐요."

벌써 해 뜰 시각이 됐는지 밖은 바다에서 떠오르는 태양으로 인하여 붉게 타들어 가고 있었다. 커튼을 열어 재낀 정은이 말했다.

"왜 여태껏 여기서 일출을 한 번도 본 적이 없는지 모르겠어요."

정은 아버지의 별장은 산 위를 깎아서 비교적 높은 곳에 2층으로 되어 있었고, 더욱이 아버지의 서재는 2층에 있어 일출 때 쏟아지는 햇빛과 그 모습이 환상적이었다. 창밖으로 떠오르는 태양 위로는 갈매기가 날고 있었으며, 태양 아래 드넓은 바다는 새벽까지 조업을 한 어선들이 귀항하는 모습이 보이고 있었다.

정은은 평소 사진 찍는 게 취미였던 만큼 이런 명장면을 그냥 놓칠 리가 없었다.

"영일 씨, 제가 사진 한 장 찍어 드릴게요. 창가에 서 보세요."

"이거 역광인데 잘 찍힐까요?"

"이렇게 보여도 제가 사회부 기자입니다. 역광은 윤곽을 뚜렷하게 보여주므로 물체의 형태가 잘 드러나죠. 쉐도우 중점 노출을 맞추면 낭만적인 느낌을 보여줄 수 있어요. 영일 씨가 나중에 출판할 때 이 사진을 쓰면 꽤 폼날 거 같은데."

사진을 찍고 나자 해가 정면으로 떠오르고 있어 정은은 눈을 뜰 수가 없었다.

"어, 정은 씨 거울, 거울 속에 뭐가 있어요."

"네, 뭐라고 그랬죠? 눈이 부셔서 제대로 볼 수가 없네요."

"정은 씨 제가 잘못 본 게 아니라면 거울 뒤에 뭔가가 있었어요."

"뭐가요, 아무것도 없는데."

"조금 전까지만 해도 있었는데."

"뭐가 반사돼서 그런 게 아닐까요?"

"아니에요. 여긴 2층인데 뭐가 반사되겠어요. 반사됐다면 제 모습뿐이겠죠."

정은은 갑자기 건강이 악화되어 요양차 별장에 왔을 때 아버지가 해주신 이야기가 떠올랐다. '정은아, 언젠가 살면서 자신의 정체성을 찾을 수 없거나 혼란스러울 때는 거울 앞에 서서 너 자신을 보아라. 거울 속에 비친 네 모습이 너의 과거와 미래를 보여줄 게다.'

"아버지께서는 거울 속에 우리의 과거와 미래가 있다고 저에게 말씀하셨어요."

둘은 거울을 조심히 들어 바닥에 내려놓았다. 거울을 내려놓자 벽에 대동여지도가 한 장 붙어 있었다.

"이건 특수거울이에요. 앞은 거울. 뒤에는 유리. 왜 경찰서 조사실에서 밖에서는 안을 볼 수 있는데, 안에서는 밖을 볼 수 없는 그런 거 있잖아요. 이 거울은 일출 때 태양이 거울과 90도가 되는 순간의 빛을 받으면 일시적으로 거울 속에 글씨가 보이도록 빛의 투과량을 조절해 놓은 특수거울이에요. 그래서 아까 태양 빛이 가장 센 몇 초 동안만 볼 수 있었던 거예요."

정은이 대동여지도를 조심히 뜯어내자, 벽 속에는 금고가 하나 나왔다. 영일은 금고를 열려고 손잡이를 돌려보았지만 열리지 않았다.

"정은 씨, 비밀번호 알아요?"

"아니요. 아버지 생일, 혹은 통장 비밀번호 그런 거 아닐까요?"

정은은 자신이 알고 있는 아버지에 관한 모든 숫자를 조합해 비밀번호를 눌렀지만 금고는 꿈쩍도 하지 않았다. 안에 뭐가 들어 있는지 모르는 상황에서 쉽게 부술 수도 없는 상황이었다.

"국정원 직원이라면 이런 데 전문가 아닐까요?"

정은의 말에 영일은 1층으로 내려가 국정원 직원 김우찬을 불렀다.

"금고를 하나 발견했는데 열쇠가 없어요."

"저는 전문가가 아니지만 한번 알아보죠."


"네, 지부장님. 저 우찬입니다."

"자네가 어떻게…. 무슨 일인가. 혹시 피서라도 왔나."

"그럴 리가 있겠어요. 혹시 잘 아는 금고전문가 있으세요? 뭔가를 열어야 하는데 도저히 비밀번호를 알아낼 수가 없어서요. 그렇다고 부술수 있는 물건도 아니고 해서."

"뭐 금고전문가야 많지만, 요즘은 금고털이범들이 직접 금고를 설계하니 저들도 풀 수 없게 만든단 말이야. 일단 어딘가. 내 그리로 한 명보내지."

몇 시간 뒤 백발의 노인네 한 명이 국정원 직원과 같이 들어왔다. 그는 금고를 보더니 얼핏 봐도 구닥다리 같은 장비 몇 개를 꺼내 들었다. 영일은 우찬에게 속삭였다.

"아니 저런 아날로그 장비로 열 수 있겠어요?"

"글쎄요. 그래도 저분이 한때 재무부 건물 속에 있는 금고까지 털었던 분입니다. 그때 그 일로 무기형을 받았는데 나라를 위해 큰일을 해사면받았죠. 지금은 경찰청 자문역할을 하고 있고."

금고를 붙잡고 몇 시간을 끙끙대던 그 노인이 말했다.

"이 금고는 비밀번호 없이는 절대 못 열어요. 이건 스위스 은행들이 1차 대전 때 유럽의 부호들을 상대로 돈을 보관해주던 금고형식인데, 보통의 금화나 재화를 보관하는 금고와 달리 비밀문서를 보관하던 금고로 외부의 충격에 의해서 쉽게 망가지죠. 그때 내부서류 또한 금고를 둘러싸고 있는 액체에 의해 오염되어 알아볼 수가 없어지는 구조로 되어 있어 부셔서는 서류를 확인할 수가 없습니다."

"그러지 말고 뭔가 의미 있는 숫자를 생각해봅시다."

노인의 말을 들은 정은이 말을 이었다.

"영일 씨, 이지도 작성연도가 언제죠."

"1717년인데 정확한 날짜는 알 수가 없어요."

"그럼 그건 아니네요. 이 금고의 비밀번호는 8자리이니."

"하긴 10개의 숫자에서 4개의 숫자를 조합하는 경우 10*9*8*7=5,040개의 경우의 수가 나오니 날을 새면 할 수도 있겠지만 8자리는 불가능하죠."

"그럼 간도협약 체결일은 언제죠."

"1909년 09월 04일이요."

정은은 재빨리 8자리 숫자를 금고에 새겼다. 하지만 금고는 열리지 않았다.

"모르겠어요."

"정은 씨 잘 생각해보세요. 이렇게 과학적으로 치밀하게 금고를 만드셨다면 아버지께서는 분명 무슨 의미 있는 숫자를 비밀번호로 정했을 거예요."

"잠깐만요, 여기 대동여지도 밑에 뭐라고 영문으로 쓰여 있는 데요. to jueng eun, 정은에게라고 쓰여 있어요. 박사님은 정은 씨가 여기 올 걸 알고 계셨나 봐요. 굳이 지도위에 정은 씨 이름을 써 놓은 데에는 뭔가 의미가 있을 거 같아요."

"맞아요."

한참을 생각하던 정은이 외쳤다.

"이건 환자방식 암호예요. 로마 시대 카이사르가 고안한 암호방식이
죠. 전달받고자 하는 통신문의 글자를 그대로 사용하지 않고 그 글자
보다 알파벳 순서로 몇 번째 뒤, 또는 앞의 글자로 바꾸어 기록하는 암
호문 형식이요. 어려서 아버지와 저는 이 놀이를 자주 했어요. 가령 집
열쇠를 둔 장소를 메모지에 환자방식 암호로 적어 놓곤 하셨죠. 그리
고 나중에는 일정하게 순서를 바꾸지 않고 단어마다 앞뒤의 순서를 달
리 했어요."

"잠시만요. 가방에 영문 조합표가 있어요. j는 I, u는 n …. indepen-
dent, 이거예요. 독립. 아버지는 늘 완전한 독립국가를 이룩해야 한다
고 말씀하셨어요. 그럼 비밀번호는 해방일이군요."

1945년 08월 15일, 비밀번호를 입력하자 금고의 문이 열리고 3백여
년 전 만들어진 황여전람도가 그 모습을 드러냈다.

"영일 씨 보세요. 간도는 분명 조선의 영토로 표기되어 있어요."
"됐어요. 이거면 중국도 허튼소리를 하지는 못할 겁니다."

# 제4장
# 전쟁의 서막

## 서울 서초구 내곡동,
## 국정원 본원

"차장님, 노트북 다 고쳤는데요."

호영은 얼마 전부터 노트북의 속도가 느려져 정보보안팀 직원을 불러 수리를 맡겼다.

"차장님, 아무래도 차장님 컴퓨터가 해킹당한 거 같습니다."

"뭐라고? 설마 그럴 리가. 외부에서 접속하기는 힘들 텐데."

"아무래도 내부전산망을 통해 음성기록 해킹프로그램을 깔아 놓은 거 같습니다."

"누군지 알 수 있겠나?"

"네. 파일다운로드 내역을 뽑아서 아이피를 추적하면 알아낼 수 있을 겁니다. 잠시만요, 차장님."

"그래. 알아냈는가?"

"저 최준 팀장의 컴퓨터입니다. 그게 다른 사람이 최준 팀장 컴퓨터를 이용해서 접속했을 수도 있으니 제가 조사해 보겠습니다."

"아닐세. 알았네. 그만 나가보게. 이 일은 함구토록 해주게. 자칫 조직의 신뢰에 문제가 생길 수 있으니 말일세."

"알겠습니다. 차장님."

호영은 전화기를 들었다.

"어. 날세. 뭐 좀 알아낸 게 있는가?"

"네. 차장님. 아직까지 별다른 진전이 없습니다."

"아마도 최준 팀장이 다 알아낸 거 같네. 거기서 외부와 접속하지 못하게 모든 통신망을 지금 끊어 버리게. 그리고 휴대폰 통화 못 하도록 전파 발생기 가동하고. 지도를 찾는 즉시 없애 버리게."

"네. 알겠습니다."

## 강원도 고성군 토성면, 이철호 박사 별장

"설마, 김호영 차장이…."

"팀장님, 드디어 찾았습니다. 지도를!"

"우찬아, 지금부터 내 말 잘 들어. 지도는 못 찾은 거야. 밑에 22사단 군인하고 김 차장 측근요원들이 와 있어. 김호영 차장은 아주 무서운 생각을 하고 있어. 서울에 도착하면 어떻게든 탈출해서 지도를 가지고 이상기 비서실장한테 가. 도중에 전쟁이 터지면 CIA 한국지부로 가서 지도를 전해줘. 자 빨리 지도 금고에 다시 넣어놔."

"팀장님요?"

"둘 중에 살아남는 사람이 이 일을 해야 해. 그리고 김호영을 잡아야 한다고 해. 그러면 알 거야, 긴 얘기할 시간 없어. CIA에 이 파일을 전해줘."

"최준 팀장, 지도를 찾았습니까?"
22사단 수색대대장 이원일 소령이었다.
"아니, 아직 못 찾았어."
최준 팀장은 이원일 소령의 심기를 건드리려는 듯 반말로 말했다.
"지금 즉시 서울로 가야겠어. 차 좀 준비해줘."
"잠시만 기다리시오."
이원일 소령은 김호영 차장에게 전화를 걸었다.
"차장님, 최준 팀장이 지금 서울로 간다고 합니다."
"지도는?"
"못 찾았다고 합니다."
"서울에 도착하는 대로 본부로 데리고 와."
"알겠습니다. 차장님."
"최준 팀장, 가시죠."


## 음모의 시작

한편 중국은 동북공정이 완성되고 중국 측의 백두산관광이 활성화되자 차츰 북한에 대한 원조를 줄여나가고 있었다.
"리용철 동지, 나 리 주석이요."

"네. 주석 동지. 어떻게 이렇게 밤늦게 전화를?"

"더이상 기다릴 시간이 없네. 지금 즉시 일을 진행해야 할 거 같네."

"갑자기 무슨 일이라도…."

"아무래도 한국에서 그 지도를 손에 넣은 거 같소. 시간이 없소. 오늘 밤 계획대로 진행해 주시오."

"네? 주석 동지, 그건…."

"어차피 시기를 놓치면 모든 게 물거품이 될 거요. 내 말 무슨 뜻인지 알겠소? 그리고 김성규 인민무력부장을 제일 먼저 제거해야 할거요."

"네. 주석 동지."


리용철은 친중 인사들을 불러 모았다.

"이렇게 한밤중에 오시라고 해서 죄송합니다. 리컹취 주석 동지의 작전명령이 떨어졌습니다."

"지금 평양을 제외한 다른 곳은 이미 통제 불능의 상태로 가고 있소. 조금만 더 지체하면 선택의 여지도 없소. 굶어 죽는 인민의 수는 더이상 헤아릴 수조차 없는 상태요. 중국의 원조가 계속해서 끊긴다면 체제붕괴는 시간문제요.

"그렇다고 통째로 중국에 넘겨 줄 수는 없는 거 아니요. 우리 공화국이 이렇게 끝장난다는 말이오. 그리고 김정은은 어떻게 할 거요?"

"꼭두각시에 불과한 김정은이 뭐 대수겠소?"

김정은은 2009년 초 후계자로 내정된 뒤 먼저 총정치국 비서로서 군부 장성들에 대한 인사권을 장악해 이인자로서의 초기 발판을 구축한 후, 보안핵심기관 장악에 나섰으나, 아버지의 급작스러운 죽음으로 인하여 기존 군부에게 견제당하여 지금은 당에서 그 권위를 잃은 지 오래였다. 때문에 김성규 인민무력부장이 아직도 김정은을 보위하며 당 지도부를 어떻게든 유지하려고 노력하고 있었지만 역부족이었다.

"아니 중국에 통째로 넘겨주자는 게 아니요. 북조선은 중국의 성들 중 하나로 관리되고 실질적인 통치는 우리가 하면 되는 거 아니요. 뭐 중국의 지방정부가 된다고 해서 지금과 다를 게 뭐가 있냔 말이오."

"아, 지금도 중요한 결정은 전부 대국에서 하는 것을. 뭐, 이제는 나도 더이상 기다릴 수가 없소. 뭐 알아서들 하시오. 지금부터 처신을 잘 해야 할거요."

리용철은 문을 박차고 나갔다. 실질적으로 당을 장악하고 있는 리용철은 리컹쥐 주석의 재가도 받은 이상 거칠 게 없었다. 리용철은 이 일만은 다른 사람을 시킬 수가 없었다. 김정은은 이제 식물인간이나 다름없었다. 매일 술과 여자에 빠져 삶의 의욕을 상실하고 있었고, 모든 결정은 이미 자신이 하고 있었다. 이제는 중국에 넘겨 줄 구실만 찾으면 되는 것이다. 다만, 김성규를 어떻게 제거하느냐고 문제였다. 중국 측에서 저리 서두르는 이상 더이상 지체할 수가 없었다.

"위원장님 계신가?"

"네. 주무시고 계십니다."

위원장의 비서가 말했다. 리용철은 마음을 굳혔다. 그로서도 더이상 지체할 시간이 없었다. 더이상 지체했다가는 중국으로부터 모든 원조가 끊기고 진짜로 인민들이 들고일어나던가, 김성규 인민무력부장에게 제거당할지 모르는 일이다.

"위원장님은 오늘 어떠신가? 오늘도 만취 상태이신가?"

"네. 그렇습니다."

리용철은 김정은 위원장의 방문을 열었다. 술에 취해 있던 김정은이 리용철을 흐릿하게 인식했다.

"위원장님 좀 어떠십니까? 매일 이렇게 술에 빠져 무의미하게 사느니 이제 그만 쉬셔야겠습니다. 인민들과 저를 위해서."

김정은은 희미한 의식 속에서도 리용철의 말이 무슨 뜻인지 알아차릴 수 있었다. 드디어 때가 왔다고 생각했다. 이미 짐작한 일이지만 때가 너무 빨리 왔다는 생각은 들었다. 김정은은 순간 자신의 아버지가 떠올랐다. 그리고 자신은 아버지로부터 승계받은 권력을 지키지 못하고 죽는다는 것이 몹시 안타까웠는지 눈물을 흘리고 있었다. 측근을 너무 믿은 자신이 원망스럽고, 아무 대비책 없이 중국과 대립각을 세운 자신이 한없이 미웠다.

리용철은 누워있는 위원장에게로 가, 미리 준비한 주사기를 위원장의 뒷 목에 살짝 찔러 넣었다. 청산가리의 치사량은 0.15g이면 충분하다. 몸속에 청산가리가 퍼지면 메스꺼움과 두통을 동반한 후 수 분 또는 수 초 이내에 질식사 또는 심장마비로 사망하게 된다. 그 아버지가 그랬듯 위원장도 심근경색으로 생을 마감하는 게 제일 적절하다고 생각했다. 또한 액체에 섞은 소량의 청산가리는 독극물 검사에도 잘 검출되지 않으면 아주 미미한 소량으로 검출되기 때문에 사인으로 밝혀지지도 않는다.

"잘 가거라. 정은아."

위원장은 마지막으로 아버지라는 말을 가늘게 남긴 뒤 숨을 놓았다.

"위원장님, 위원장님⋯. 비서실장, 실장. 위원장님의 심장이, 의료진을 부르게."

황급히 들어온 의료진이 전기 심장 충격기를 들이대려고 하자, 리용철이 제지했다.

"이미 어려우신 것 같네. 편하게 보내드리게. 급성 알코올중독으로 인한 심근경색 뭐 이런 거 아니겠는가? 여기 있는 모든 상황은 보안이네. 위원장이 사망한 걸 알면 여기저기서 쿠데타와 폭동이 일어날걸세."

"네, 국장 동지."

총정치국장 리용철은 곧바로 정치국 상무위원회를 소집했다. 상무위원장인 김정은이 사망할 경우 상무위원회를 총괄할 수 있는 사람은 총정치국장뿐이었다.

이른 새벽, 7명의 정치국 상무위원들이 모이자, 리용철은 위원장의 서거를 알렸다.

"위원장께서 서거하셨단 말이오?"

전병호 상무위원이 믿지 못하겠다는 듯이 되물었다.

"그렇소. 오늘 새벽 갑자기 심장마비로 돌아가셨소."

"그럼 이제부터 어떻게 해야 하오?"

"먼저 김성규 인민무력부장께 알려야 하는 거 아니오? 그리고 후계자 선임문제 상의를 하는 게⋯."

"그럴 필요 없소. 어차피 공화국에서 더 이상의 세습정치는 힘든 거 아니오. 그리고 지금은 전시상태나 다름없는 상황이오. 가뜩이나 동요되어 있는 인민들이 이 사실을 알면 전국 도처에서 폭력사태가 일어날 거요. 지금부터는 모든 군사, 외교, 행정을 총정치국과 비서국, 조선인민군 최고사령부에서 수행할 거요."

"형식적으로라도 최고인민회의 상임위원회를 열어서 추인을 받아야
하는 거 아니요?"

"내가 아까 말했잖소. 지금은 준 전시상황이라고. 지금은 형식적인
추인이 중요한 게 아니오. 그리고 위원장의 서거는 철저히 보안에 부쳐
야 하오. 그리고 지금 즉시 김성규 인민무력부장을 비롯한 국방위원회
위원과 최고인민위원회 상임위원들을 잡아들여야 하오. 제일 먼저 김
성규 부장을 체포해야 하오. 상무위원들께서도 신속히 움직여 주시오.
박성철 위원, 지금 즉시 노동당 35호실과 신변안전비서실 병력을 보내
서 국방위원들을 체포하시오. 여기 위원장의 체포명령서요."

"그럼 우리는 이제 어떻게 되는 거요. 리용철 동지?"

"이제부터는 내 지시에 따라 신속히 움직이면 되는 거요. 일단 국방
위원과 최고인민회의 등 주요기관을 장악하고 리컹취 주석의 지시에
따르면 되오. 그리고 중국의 자치구로 편입돼서 예전과 같이 우리가 통
치하면 되오."


박성철 위원은 노동당 35호 실장인 한지희에게 전화를 걸었다.

"한지희 실장, 나 박성철이요."

"무슨 일이십니까?"

"위원장이 서거한 거 같소."

"네? 사인은요?"

"글쎄, 긴 얘기할 시간 없고 지금 즉시 김영남하고 태형철, 리광호 등
을 체포해서 총정치국으로 오시오. 나는 신변안전비서실 직원을 데리
고 국방위원들을 체포해야 하니까, 체포 완료하면 즉시 보고하시오."

"네. 알겠습니다."

"리용철 국장 동지, 그런데 김성규 무력부장은 어떻게 할 거요?"

박성철 위원이 걱정스레 물었다.

"인민무력부는 병력이 만만치 않아서 체포하기는 힘들지 않겠소."

"지금 이 시간에 무력부에 있겠소? 무력부장은 지금쯤 집에 있을 거요. 그를 정치국으로 유인할 것이오. 위원장의 소집문서를 가지고 갔으니 이리로 올 것이오. 그때 체포해야 하오. 이미 사람을 보내놨으니 기다립시다. 하늘이 우리 편이라면 좋은 소식이 있을게요."

1시간쯤 지나자 리용철은 극도의 초조함을 느꼈다.


"그나저나 김정철 대좌는 왜 아직 오질 않는 거야?"

"김성규 부장을 데리러 간 김정철 대좌가 연락되질 않습니다. 국장 동지."

"뭐야? 김정철 대좌에게 무슨 일이라도 생긴 것인가. 일이 잘못된 것인가?"


## 김성규 무력부장 자택


"부장님, 저 한지희입니다."

"어, 한지희 실장이 이른 새벽부터 무슨 일인가?"

"아마도 위원장님이 서거하신 거 같습니다. 부장님을 체포하러 사람이 갈 겁니다."

"뭐라고?"

"저항하지 마시고, 모르는 척 따라가시면 제가 다 알아서 처리하겠습니다."

"알겠네. 몸조심하게."


"김정철 대좌가 이른 새벽부터 무슨 일인가?"

"부장님, 위원장님의 국방위원회 소집명령이십니다."

"지금 국방위원회 국방위원이 모두 국방위원회 건물에 모여 있습니다. 가시죠."

"위원장님이 갑자기 무슨 일로 소집을…"

"글쎄요. 잘 모르겠습니다."

"이른 새벽에 국방위원회 회의라…"

"어서 가시지요. 곧 회의시간입니다."

"알았네. 박칠석 대좌 차를 대기시키게."

"아닙니다. 저희 차를 타고 가시지요."

"저희가 모시겠습니다."

"그럼 잠시 기다리게. 복장을 갖추고 나올 테니."

"알겠습니다."


"자, 가지. 김 대좌."

"출발하시오. 김 소좌."

"네. 김 대좌님."

"김 대좌, 여기는 정치국으로 가는 방향이 아닌가?"

"김성규 이 새끼야, 살고 싶으면 얌전히 있어."

김정철은 김성규의 옆구리에 권총을 들이댔다.

김성규와 김정철이 탄 차가 막 창광 사거리에 진입했다. 사거리에 진입한 차를 향해 순식간에 총알이 날아들었다. 탕탕탕, 총알이 연달아 날아들며 차량이 멈췄다.

"부장동지 어서 피하십시오."

"괜찮으십니까?"

"괜찮네, 한지희 실장. 지금 즉시 무력부로 가야겠네."

"잡아라, 놓치면 안 된다."

PKM 기관총이 요란한 소리를 내며 김성규를 향해 연신 화염을 토해 내고 있었다. 김정철 대좌는 김성규를 데리고 오는 게 여의치 않으면 죽이라는 리용철 정치국장의 말을 되새겼다. 김성규를 죽여야 한다.

"빨리 쫓아라."

"이성식 상좌, 차가 오고 있습니다."

"어서 지원 사격해."

경비사령부 제6초소의 옥상에서 소련제 중기관총 DSHK가 김정철 대좌의 차를 향해 불을 뿜었다.

"야, 야. 차 돌려. 경비사령부 병력이다. 늦었다. 야, 이 중위 정신 차려. 이런 제길…."

김정철은 이성식 상좌가 쏜 권총에 맞은 팔을 감싸고 직접 차를 몰았다.


"부장동지 다행입니다."

"응. 자네 덕분에 목숨을 건졌네. 한 실장이 아니었으면 모든 계획이 수포로 돌아갈 뻔 했네. 드디어 저들이 계획대로 움직여 주는구먼."

"제 짐작이 맞다면 위원장님이 서거하시고, 모든 권력을 정치국에 두려고 상임위원회를 소집했을 겁니다. 그리고 부장님을 무장해제 시켜 자기 마음대로 하려는 계획이었겠지요."

한지희, 그녀의 아버지는 20년 전 남한에서 간첩죄로 사형을 당하고, 한지희는 김성규와 김호영의 도움으로 미국으로 건너가 하버드를 수석 졸업하고 미국과 중국의 정보기관에서 스파이로 일하고 있었다. 북측의 김성규 부장과 남측의 김호영 차장이 물심양면으로 보살펴준 덕택이었다. 그것이 가능했던 것은 한지희는 이미 기록이 없는 유령이었기 때문이다. 그 인연으로 한지희는 지금까지 목숨을 바쳐 김성규 인민무력부장을 보좌하고 있다.

"한 실장, 지금 즉시 김호영 차장에게 연락을 넣게."

"알겠습니다. 정찰국에 신뢰할 만한 사람이 있습니다."

"그렇게 하게."

"네. 저 한지희 실장입니다. 지금 즉시 오흥규 상위를 조장으로 해서 5명만 인민무력부로 보내세요."

"네. 알겠습니다."


"찾으셨습니까? 한지희 실장님."

"오흥규 상위, 지금 즉시 개성공업지구관리사무소로 가서 이 사실을 남한에 알려주세요."

"네. 걱정하지 마십시오."

## 총정치국 사무실

"리용철 부장동지, 지금 즉시 피해야 합니다. 체포작전이 실패했으니 곧 무력부 병력이 들이닥칠 겁니다."

"어떻게 된 거야? 김 대좌는."

"오는 도중에 무력부에서 눈치채고 기습을 했습니다."

그럼 한지희가 김성규 쪽 사람이었단 말인가. 보고를 들으며 상황이 심상치 않음을 느낀 리용철은 재빨리 중국의 리컹취 주석에게 연락을 취했다.

"아무래도 상황이 심상치가 않습니다. 주석 동지."

"무슨 일이오?"

"아무래도 저희가 당한 거 같습니다. 김성규를 비롯해 국방위원들을 체포하려다 그만 실패했습니다."

"무슨 소리를 하는 거요? 내가 김성규부터 제거하라고 하지 않았소. 수족부터 자르는 것이 순서. 기본 중의 기본이 아니오."

"네. 죄송합니다. 김성규를 너무 만만히 본 거 같습니다. 아무래도 조직 내부에 첩자가 있는 거 같습니다."

"위원장은 어떻게 했소?"

"처리했습니다."

"내 지시가 있을 때까지 절대로 움직이지 말라고 했거늘. 시간이 없소. 일단 정치국 산하 부대로 무력부를 치시오."

"실질적으로 군부는 김성규가 장악하고 있어 어렵습니다. 우리 군대라 봐야 563 특수부대와 조직부 등 예하부서의 경비병력이 고작인데 무력부로 보내봐야 헛수고일 게 뻔합니다. 더욱이 노동당 병력도 얼마

되지 않습니다. 리컹취 주석께서 도와주셔야겠습니다."

"이런 멍청하긴!"

리컹취 주석은 어떻게 저런 자가 총정치국장이 됐는지 이해할 수가 없었다.

"병력을 보내서 시간을 벌란 말이오. 그리고 리용철 국장은 국가안전보위부 호위를 받아서 평안북도 정주의 8군단 쪽으로 오란 말이오."

"알겠습니다. 주석 동지."

리용철은 자신의 목숨이 오로지 리컹취 주석에게 달려 있음을 느꼈다.


리컹취 주석은 마음이 급해졌다. 속전속결로 끝내지 못한다면 아무것도 장담할 수 없는 상황이었다. 김성규는 인민군 내에서 신임이 두터운 자다. 만약 전면전으로 간다면 남한과 미국이 개입할 시간을 벌어주는 것이다. 남한과 미국이 개입하지 않는다고 쳐도 북한의 인민군은 무시할 수 없는 화력과 병력을 보유하고 있었다. 김성규만 제거하면 무혈입성이 가능했을 것을. 멍청한 리용철 정치국장 때문에 자칫하면 대사를 그르칠 수도 있는 일이었다.

전연 지대의 1, 2, 4, 5군단은 6·25 참전 경험이 있는 최정예군단이다. 만약 남한이 개입하지 않고 휴전선만 보장해 준다고 해도 서부전선과 동부전선의 108 기계화군단 등이 밀고 올라올 가능성이 크다.

이 경우, 중국 인민군의 피해도 만만치 않을 것이다. 만에 하나, 북한군과 남한군이 연합이라도 하는 날이면 육지전에서는 중국군도 승리를 장담하기 어려울 것이다. 남한의 육군은 우리와 비슷한 세계 3위의 강군이다. 애초 계획은 신속히 평양을 장악한 후 마무리단계에 있는 동북공정을 서둘러 발표해 정당화하면 제3국의 개입 가능성을 차단할 수 있었다.

리용철이 내 지시에 맞춰 일을 진행했더라면 8군단 병력과 선양군구의 1개 집단군을 평양 쪽으로 이동시킨 후 평양을 장악 일을 쉽게 끝낼 수 있었을 것을. 더욱이 중국은 휴전 당사국인 만큼, 국제사회에는 북한의 치안 질서 회복과 핵 안정화를 위해서 중국의 개입이 불가피하다고 설명하면 되는 것이었다.

하지만 전투가 벌어지면 상황이 어떻게 전개될지 모를 일이었다. 리 컹취 주석은 재빨리 선양군구 류쉬앙 중장에게 전화를 걸었다.

"류쉬앙 중장, 나 리 주석이요."

"네 ,주석 각하."

"지금 당장 압록강 주변으로 선양군구 35만 병력을 이동시키시오."

"전체 병력을요?"

류쉬앙 중장이 놀라 되묻자 리 주석이 다그쳤다.

"그렇소. 지체할 시간이 없소."

물론 지금은 신속성이 우선이지만 일단 대규모 병력을 압록강 일대에 배치하는 것만으로도 전시효과는 있을 터였다.


"량광리예 총참모장 들어오라고 하시오."

"네, 주석 각하. 찾으셨습니까?"

"지금 당장 각 군구에 배치된 특수부대 6천 명과 공수부대 4천 명 등 도합 1만 명을 즉시 함경북도 화대군 무수단리와 영변으로 이동시키시오."

"주석 각하, 평양이 아니고 무수단리와 영변 말입니까?"

"그렇소. 신속히 무수단리와 영변으로 이동시키란 말이오. 제일 중요한 건 북한의 핵시설을 선점하는 것이오. 저들이 벼랑 끝으로 몰리면 무슨 짓을 할지 모르는 일이오. 어차피 잃을 게 없는 그들 아니오."

"알겠습니다. 그럼 평양은 어찌합니까?"

"물론 평양으로도 군대를 보낼 것이오. 평양은 북해함대의 청도함대 사령부를 보낼 것이네."

"알겠습니다."

리 주석은 전화기를 집어 들었다.

"청도함대 사령관, 나 리 주석이요."

"네, 주석 각하."

"지금 즉시 평양으로 병력을 보내시오."

"항공모함을 이동시킬까요?"

"아니오. 신속히 보내야 하니 먼저 상륙함으로 최대한 많은 병력을 보내시오. 그리고 전열을 갖춰 항모를 서해상으로 이동시키시오. 미국이 개입한다면 아마도 미 7함대를 이용, 서해를 장악해서 우리가 남포항으로 병력을 보내지 못하도록 할 것이오. 저들보다 빨리 움직여야 하오."

"네, 주석 각하."

량광리예 총참모장은 사무실로 돌아오자마자 무수단리와 영변으로 특수부대원들을 즉시 집결시키라고 지시했다.

"서둘러라, 시간이 없다. 빨리 비행기에 타란 말이야."

류쉬앙 중장은 특수부대원들을 Y-8 수송기 약 20여 대에 태워 무수단리와 영변 주변으로 급파했다. 일단 평양을 접수한 다음 비교적 무장이 덜 되어 있는 중부지대를 점령하여 후방군과 전방군의 연합을 막아야 한다. 전방에 배치한 35만의 군대가 후방군을 묶여 두는 역할을 할 것이다.

그러면 전방군은 며칠 못 가 식량과 연료가 바닥나고 곧 무력화 될 것이다. 주력부대와 화기가 휴전선부근에 배치되어 있기 때문에 평양을 접수 후 보급선을 끊고 군부의 장성들을 회유하면 모든 것은 끝나게 되어 있다. 그러나 상황이 장기화되면 지상전에서의 승리를 장담할 수 없었다.

북한의 공군과 해군력은 재래식 무기지만, 육군의 전투력은 무시할 수 없었다. 특히 4개의 기계화군단과 1개의 전차군단 특수전 부대의 위력은 가공할 만하다. 특히 10만여 명의 특수전 병력이 혹여 중국 후방지역에 침투하는 경우에는 중국의 피해도 만만치 않다는 것을 리컹취 주석은 알고 있었다. 리 주석은 모든 전투와 전쟁은 한반도에서 끝내야 한다는 생각에 리용철 국장에게 전화를 걸었다.

"리용철 국장, 너무 걱정하지 마시오. 우리 특수부대원들을 평양으로 급파하도록 조치했으니 곧 수습될 것이오."

"그럼 저는 리컹취 주석님만 믿겠습니다."


## 강원도 고성군 토성면 일대

최준 팀장은 옆자리의 우찬과 계속 눈짓을 주고받았다. '일단 동홍천 IC로 가면 일단 탈출하는 거다. 너는 별장으로 가서 지도를 가지고 서울로 와. 나는 청와대로 갈 거야.' 뒤에는 무장군인이 탄 지프 차가 한 대 따라붙고 있었다.

동홍천IC를 올라탄 지프 차는 전속력으로 서울을 향해 달리기 시작했다. 이원일 소령은 보기에도 다부진 체격이었다. 최준 팀장은 이원일 소령을 제압하기가 쉽지 않겠다는 생각에 걱정이 앞섰다. 여기서 잘못되면 모든 게 끝이라는 생각에 최준 팀장은 가슴이 조여 오는 듯한 기분을 느꼈다.

"이 소령, 저기 화장실이 급해서 그러는데 휴게소 좀 들렀다 갑시다."

최준의 말에 참다못한 이원일 소령은 얼굴을 잔뜩 찌푸린 채 금방이라도 주먹을 한 대 갈길 태세였다.

"알았소. 이 중위, 저기 휴게소에 차 대."

"이 소령, 화장실 앞에까지 따라오면 어떻게…."

"빨리 끝내고 나와."

어느새 이원일 소령도 반말로 바뀌어 가고 있었다. 화장실에 들어간 최준과 우찬은 변기 안에 미리 숨겨둔 베레타 권총에 총알을 장전하고 있었다.

"빨리 안 나오고 뭐 해? 시간 없단 말이야. 이 굼벵이 같은 놈들아."

김호영 차장으로부터 반항하면 사살하라는 명령을 받은지라 이원일 소령도 이들에게 더이상 예의를 갖추지 않았다. 어차피 죽이지 않고는 빠져나가기 힘들다. 상대방이 8명, 쉽지 않은 게임이다. 최준은 옆 칸에 있는 우찬에게 파트너끼리의 신호를 보냈다.

'자, 셋에 쏘는 거다.'

뭔가 이상한 낌새를 눈치챘는지 이원일 소령이 권총을 꺼내려는 순간 탕탕, 두 발의 총성이 들렸다. 최준과 우찬은 갑작스러운 총소리에 문을 박차고 나갔다. 이원일 소령과 이 중위가 바닥에 쓰러져 있었다.

"어떻게 된 거지? 도대체 누가 쏜 걸까."

밖은 조용했다. 총소리를 들었으면 무장군인이 분명 달려왔을 것이라고 생각한 최준이 주변을 살폈다.

"우찬아, 따라와."

역시 예상대로 군인 6명이 지프 차 주변에 널브러져 있었다. 손 한번 못 써보고 죽은 게 틀림없다. 누구지, 그러나 최준에게는 길게 생각할 겨를이 없었다. 어떻게든 쿠데타를 막아야 했다.

"우찬아, 말했듯이 너는 고성군으로 가서 지도 가지고 청와대로 와. 오는 도중에 혹시 전쟁이 터지면 CIA로 가고."

"알았어요. 팀장님."

# 제5장
# 평양에서의 일전

## 북한, 평양 시내

"저것들 뭐야."

중무장한 총정치국 산하 부대원들이 들이닥치자 인민무력부에 남아 있는 잔여 병력이 그들을 제지하기 위해 진영을 갖추자, 88식 보총에서 화염을 뿜으며 총알이 날아들기 시작했다. 더욱이 88식 보총은 총열 밑에 40mm 유탄발사기가 부착되어 있어 그 화력이 대단했다.

"평방사로 가서 부장동지께 연락을 취하시오."

"부장동지, 정치국 536부대가 이리로 치고 들어 왔습니다."

"알겠네."

김성규 인민무력부장은 평양 문수 구역에 있는 경비사령부에 전화를 걸었다.

"경비 부장?"

"네, 부장동지."

"정치국 소속부대가 인민무력부를 치고 있으니 병력을 그리로 좀 보내시오."

"알겠습니다. 정치국 소속부대라 봤자 536부대밖에 더 있습니까? 가서 순식간에 처리하고 오겠습니다."

"그리고 각 경비초소에 리용철 동지를 보거든 무조건 사살하라고 지시하시오. 그리고 경비부장은 지금 국가안전보위부로 오시오, 나도 지금 그리로 병력을 이끌고 가는 중이오."

"부장동지, 일단 보위부부터 장악해야 합니다. 국방위원회는 우리 인민무력부와 보위부 두 기관이 지탱하고 있습니다. 보위부만 장악하면 최고인민위원회와 정무원들은 꼭두각시에 불과합니다."

"알겠네. 평방 사령관 지금 즉시 총 참모부 산하의 평방사 군대를 모두 집결시키시오. 평방 사령관도 알겠지만 리용철 동지가 위원장을 암살하고 군권을 장악하려고 음모를 꾸민 게 확실한 거 같소. 보위부를 장악한 후 호위총국의 이을설 원수부터 잡아야 하오."

"알겠습니다."

어차피 전방에 배치된 주력부대는 속전속결의 쿠데타에서는 별 쓸모가 없게 마련이다. 김성규 인민무력부장은 평방 사령관 박기서 차수와 함께 보위부로 향했다.

"부장동지, 그럼 저는 가서 노동당과 내각, 외무성을 접수하겠습니다."

"조심하게. 한지희 실장. 일단 가서 오극렬 노동당 작전부부장, 박봉주 내각 총리, 강석주 외무성 제1 부상 등 주요인물을 체포하게. 여의치 않으면 사살하고."

"네, 부장동지."

"박 사령관 일단 가서 상임위원 7명하고 이을설을 잡읍시다."

"원 대장, 나 무력부장이오."

"네, 부장동지."

"지금 상황이 여의치가 않아요. 지금 안전보위부로 향하고 있는데 놈들이 벌써 도주했을 가능성이 높아요. 그러니 보위사령부는 각종 통신시설 도청하고 리용철의 소재를 파악하는 데 주력하시오."

"알겠습니다. 부장동지."

평방사의 기동사단인 전차부대가 서성구역 연못동에 위치한 안전보위부에 도착하자 소련제 PKM 기관총이 불을 뿜었다. 보위부의 개인주력화기 PKM은 성능이 꽤나 우수했다. 앞서가던 김 대좌가 차량을 세우고 전차 옆으로 몸을 피했다. 건물 꼭대기에서는 76.2mm 곡사포가 불을 뿜었다. 곡사포는 전차의 철판을 뚫고 운전병의 다리를 관통했다.

운전을 하던 김 소위가 외마디 비명과 함께 쓰러지며 전차가 멈추자 옆의 리 중위는 포를 돌려 보위부 옥상건물을 조준했다. 전차가 요동치며 굉음과 함께 포탄을 날리자 옥상 위의 곡사포가 내동댕이쳐졌다.

주로 방첩업무를 하는 안전보위부 병력은 평방사 기동사단의 적수가 되지 못했다. 10여 분 접전이 오가자 보위부의 총열에서는 더이상 불을 뿜지 않았다.

"아마도 리용철과 상임위원은 벌써 도주했을 거요. 문제는 호위총국의 이을설 원수요. 호위사령부의 전투병력은 사단 2개, 여단 2개로써 만만치 않은 병력이요. 호위사령부는 국방위원회 직속부대로써 리용철의 직속부대라고 해도 과언이 아닐 정도로 리용철이 좌지우지하고 있소. 그리고 리용철은 호위총국에 가 있을 확률이 높소. 일단 병력을 호위총국으로 이동시킵시다. 평방사 병력만 나를 따르고 평양경비사령부는 평양 시내 치안을 맡아주시오. 그리고 호위사령부는 병력이동 사항을 예의주시하시오."

"알겠습니다. 부장동지, 이 쥐새끼 같은 리용철이 무슨 짓을 꾸밀지 모르니 어서 가십시오. 부장동지."

평방사 박차수가 말했다. 김성규 인민무력부장은 호위총국으로 가기 전에 경보교도지도국장에게 전화를 걸었다. 문제는 함경북도 화대군 무수단리의 미사일 기지와 영변의 핵탄두를 확보하는 것이다. 리용철이 핵탄두를 가지고 무수단리 및 평안북도 철산군 동창리 미사일 기지를 확보한다면 큰일이다. 궁지에 몰리면 평양에 핵을 쏠지도 모르는 상황이었다. 예상보다 일이 너무 빨리 터졌다. 예상치 못한 시점에 일이 터지는 바람에 김성규 인민무력부장은 적잖이 당황하고 있었다.

"박 단장."

"네 부장동지. 아무래도 박 단장 두 어깨에 우리 인민의 미래가 걸린 것 같소이다. 아마 리컹취 주석이 이미 영변과 무수단리에 특수부대를 보냈을 것이오. 핵무기가 저들의 손에 들어가는 것을 막아야 하오. 저들에게 핵이 들어가면 우리가 백두산을 만든 게 무용지물이 될 것이요."

"알겠습니다. 부장동지, 우리 경보병 여단을 한번 믿어 주십시오."

경보여단은 정치 지도국 직속기구이나, 박 단장은 김성규 인민무력부장과 고향 선후배로써 호형호제의 사이였다. 더욱이 함경남도 함흥에 주둔한 87경보 여단은 함경북도의 미사일 기지와 가깝고 81, 82경보 여단은 평안북도의 영변과 가까워 전략군으로서의 가치가 컸다. 평방사의 105전차 사단과 중화기연단 및 특수여단은 호위총국으로 향했다. 김성규 인민무력부장은 모란봉구역 칠성문동에 위치한 호위총국으로 이동하는 내내 걱정이 앞섰다.

호위총국은 중무장부대 2개 사단과 2개 여단이 편제되어 있는 전투

부대나 다름없었다. 이들과 전면전을 벌이면 평양은 쑥대밭이 될 수도 있었다. 더욱이 이을설은 전투에 노련한 자다. 호위총국으로 이동하던 육공 트럭들이 김성규 인민무력부장의 지프 차를 둘러싸 총알을 막아냈다.

"김 대좌, 괜찮나?"

"네. 부장동지. 매복입니다. 화력이나 소리로 보아 병력은 고작 일이백에 불과한 거 같습니다."

"후방부대에 시내 동서 쪽으로 돌아서 포위하라고 무전 때려."

김 대좌는 1, 3분대를 이끌고 양쪽에서 쏘아대는 곡사포를 없애기 위해 신속하게 이동했다.

"2, 4분대 엄호사격하고 1, 3분대 건물 안쪽으로 이동한다. 뛰어!"

요란한 소리와 함께 곡사포가 T-55 전차를 향해 불을 뿜었다. 전차와 건물 간 거리가 너무 가까워 D-10T2S 100㎜ 강선포를 쏠 수가 없었다. 자칫하면 우리측 전차가 무너지는 건물더미에 파묻힐 수도 있었기 때문이다. 중동에서 전투경험이 많은 김 대좌는 노련하게 소대원들을 다루었다.

건물옥상에서 내려오는 호위총국 부대원들이 PKM 기관총을 난사하는 소리가 연달아 들렸다. 김 대좌는 권총을 꺼내 들어 내려오는 놈들을 하나, 하나 쓰러트리고 있었다.

"지금부터 신속히 올라가 제압한다. 잠시의 망설임도 없어야 한다. 잠시 틈을 주어 총구를 돌리기라도 하면 소대원 전부가 몰살이다."

김 대좌는 잠겨진 옥상 문을 부수기 위해 유탄발사기를 발사한 후 곧바로 러시아제 RGD-5 수류탄을 투척한 뒤 엎드리자 소대원들이 대전차포를 향해 불을 뿜기 시작했다. 옥상을 점령한 김 대좌는 곧이어

들어온 후방부대와 함께 호위총국 부대원을 섬멸하기 시작했다.

"자 빨리 호위총국으로 이동한다."

칠성문에 도착한 김성규 부장은 호위총국의 병력이 얼마 남지 않았음을 바로 알아차릴 수 있었다. 몇 분간의 교전 끝에 호위총국 부대원은 섬멸되었다. 잠시 후 고요함 속에서 김성규 부장과 김 대좌는 호위총국 건물로 들어갔다.

"부장동지, 역시 없습니다."

호위총국 건물을 점령하였으나, 예상대로 상임위원과 리용철은 없었다.

"부장동지, 큰일 났습니다. 정무원과 최고인민회의를 접수하러 간 한지희 실장이었다."

"무슨 일이오?"

"중국 TYPE-071 도크형 상륙함을 비롯한 각종 상륙함 30여 대가 남포항을 통해서 평양으로 들어오고 있다는 첩보입니다."

"확실한가, 한 실장?"

"개성에 간 정찰국 소속 오홍규 상좌가 전해온 첩보입니다. 남한의 잠수함에 포착되었다고 합니다."

"뭐야? 남포 함대사령부는 뭘 했단 말이오. 서해함대의 420여 척의 군함은 뭘 한 거요?"

"중국 측에 매수된 거 같습니다."

"김윤심 상장이 매수됐단 말이오?"

"이거 큰일이군. 전혀 예상치 못했던 침투경로야. 해군을 이용해 평양으로 진격하다니. 아마도 시간적 여유가 없다는 걸 리컹취 주석도 알았겠지. 규모는 어느 정도인가?"

"약 30여 척이라고 합니다."

"30여 척이라면 어림잡아도 3만 병력이요. 지금이야 그럭저럭 막아 낸다고는 하지만 이건 시간을 벌기 위한 거요. 8군단을 시작으로 곧 중국군이 쏟아져 내려올 거요."

"남측에서 빨리 와줘야 할 텐데."

김성규 부장의 초조함이 극에 달하고 있었다.

"부장동지, 경비 사령관 전화입니다."

"뭐? 21초소를 뚫고 안주로 이동하고 있다고? 안주로 간다면 8군단이군."

8군단장 김 중장은 평소 후방지역에서 중국과 가깝게 지내온 인물이다.

"부장동지 뒤를 쫓을까요? 아무리 중무장 사단이라고 해도 105전차 사단과 중화기연단 앞에서는 고양이 앞에 선 쥐일 뿐입니다."

"아닐세. 지금은 남포항을 통해 들어오는 중국군을 막아야 하네. 이을설이 8군단으로 이동하는 건 아마도 영변 핵시설과 미사일 기지 때문이겠지."

"지금 즉시 지휘통제소로 가서 전군을 지휘하셔야 합니다."

"알았네. 한 실장. 경비사령부는 평양 시내 경비를 맡고 나머지는 지휘통제소로 이동한다."

# 작계 6020

"김호영 차장. 나 김성규 부장이요."

"김 부장, 괜찮은 거요?"

"핫라인이 이제야 복구됐소."

"김 부장이 보낸 서찰은 잘 받았소. 지금 중국군이 남포항을 통해 북한으로 이동하고 있다는 소식은 들었겠지요?"

"알고 있소. 지금 상황이 아주 좋질 않소. 시간을 지체한다면 우리의 계획은 다 물거품이 될 거요."

"알겠소. 지금 대통령께 보고하고 즉시 작계 6020을 실행시킬 것이오. 조금만 버티시오."

"알겠소."

김성규 무력부장은 전화를 끊고 전방지역 각 군단장에게 전화를 걸어 평양 집결을 명령했다.

"대통령님. 김호영 차장의 전화입니다."

"대통령님, 우리 예상대로 위원장이 사망한 게 확실합니다. 그리고 지금 중국군이 남포항을 통해서 병력을 이미 북한으로 침투시켰다고 합니다. 즉시 작계 6020을 실행시켜야 합니다. 빨리 국가안전보장회의를 소집해 주십시오."

"알겠소."

김동석 대통령은 외교안보수석을 불렀다.

"빨리 국방부 장관, 총리, 외교부 장관 등 안전보장위원을 소집해 주시오."

김동석은 떨리는 마음을 주체할 수가 없었다. 작계 6020을 자신이
승인하긴 했지만 막상 자신의 임기 중 전쟁이라니. 설마, 설마 했지만
운명의 시간이 이렇게 빨리 올 줄은 몰랐던 것이다.


## 청와대 지하벙커,
## 국가안전보장이사회


"대통령님, 빨리 전방의 우리 군을 평양으로 이동시켜야 합니다."

"무슨 소리요? 미국과 약속한 시간이 있지 않습니까? 미군이 경기
남부로 이동할 수 있게 하루의 시간을 주어야 합니다."

"지금 북한의 상황은 매우 급박합니다. 시간을 지체하면 북한이 통
째로 중국에 넘어갈 수도 있습니다."

"그렇다고 작계 6020의 승인조건을 어길 수는 없지 않습니까?"

"맞습니다. 신중해야 합니다. 자칫 미국이 등을 돌리기라도 하면 어
찌 합니까?"

"그리고 우리가 지금 병력을 이동시킨다고 하면 한미연합사에서 가
만히 있겠어요?"

"이미 전시작전통제권이 우리에게 넘어왔고 이번 작계 6020은 미국
도 동의하고 적극적으로 도와주기로 한 작전입니다. 시간을 끌다가는
일을 망치게 됩니다."

"아, 전작권이 넘어오긴 했으나, 미국과 공조하지 않으면 자칫 남한까
지 전쟁의 소용돌이에 휘말릴 수 있습니다. 더욱이 미국은 주한미군은

피해가 없어야 한다고 그랬지 않습니까? 약속대로 24시간을 주어야 합니다. 그렇지 않으면 미국이 이번 작전에 빠질지도 모르잖소."

"미국은 내가 설득하겠습니다."

안전보장위원들의 설왕설래 속에서 김호영 차장이 말을 꺼냈다. 김동석 대통령은 미국 등 강대국에 의해 나라의 운명이 결정되는 개탄스러운 현실에 깊은 한숨을 내쉬고 있었다. 그는 6.25 때와 마찬가지로 강대국에 의해 또다시 반쪽짜리 나라로 전락할 수는 없다고 생각했다. 일본, 미국, 소련이 만들어낸 21세기 유일의 분단국가 한반도. 오랜 고민 끝에 김동석 대통령이 나섰다.

"승인은 필요 없소."

"대통령님, 신중하셔야 합니다."

"나는 대한민국 국군의 통수권자로서 작계 6020을 즉시 시행할 것을 명하겠소. 지금은 전시상황으로 국회의 비준은 나중에 받을 것이니 지금 즉시 이행하도록 하시오."

국방부 장관의 말이 채 끝나기도 전에 대통령은 회의장을 나섰다. 자신의 판단이 잘한 건지 본인도 확신할 수는 없었다. 이것을 눈치챘는지 호영이 위로의 말을 건넸다.

"대통령님, 현명하신 판단이십니다. 대통령님은 역사에 위대한 지도자로 기록될 것입니다."

"승리를 장담할 수 있겠소?"

"대통령님, 주사위는 이미 던져졌습니다."


"대통령님, 한미연합사 벨 사령관 전화입니다."

"대통령님, 지금 군대를 이동시키면 우리 미군이 가만있지 않을 겁니다."

"무슨 소리요?"

"우리 미군이 이동할 시간이 필요합니다."

"하지만 지금은 그럴 시간이 없소. 이미 남포항을 통해서 중국군이 들어온 상황에서 하루면 모든 게 끝날 수도 있소."

"하지만 그런 중요사항은 미 대통령의 승인을 얻은 후에 움직이셔야 합니다."

"뭐요?"

김동석은 목소리를 높여 말했다.

"지금은 그럴 시간이 없다고 하질 않았소."

수화기 너머로 벨 사령관의 거친 숨소리가 들려왔다.

"지금 대통령님은 큰 실수를 하시는 겁니다."

"이보시오. 벨 사령관. 한반도에 미군이 주둔하는 이유가 뭐요. 한반도 평화 아니요. 지금 국군 병력을 평양으로 이동하는 게 바로 한반도 평화를 유지하는 일이요. 미군에는 피해가 없을 것이니 걱정하지 마시오."

"휴전선 부근에 북한의 장사정포 수백 문이 배치되어 있습니다. 선제 타격이 불가능한 상황에서 군사 이동은 자칫 미군의 전멸을 야기할 수도 있습니다."

"이미 병력은 이동을 시작했고, 돌이킬 수 없소. 우리는 가만히 앉아서 우리 5천 년 역사의 혼이 담겨있는 땅을 중국에 빼앗길 수는 없소."

김동석은 전화를 끊었다. 수화기 너머로 벨 사령관이 갓뎀이라고 외치는 소리가 들려왔다. 김동석은 즉시 호영과 비서실장을 불렀다.

"김호영 차장, 우리는 약속한 하루를 주지 못했소. 저들이 서해 상으로 7함대를 이동시키겠소?"

김동석 대통령은 자신이 친미도 아니고 사대주의자도 아니지만 한반도의 운명을 손에 쥐고 있는 미국과 대립한다는 사실에 의기소침해질 수밖에 없었다.

"어쨌든 저희는 미군에 피해만 없도록 하면 됩니다. 제가 조지 국장과 통화를 하겠습니다."


## 서울 서초구 내곡동, 국정원 본원


"조지 국장, 나 김호영이요."

"이게 어떻게 된 일이오? 왜 미군이 이동할 시간을 주지 않고 바로 병력을 이동 시킨거요? 이렇게 멋대로 한다면 우리 미국은 이번 작전에서 빠지겠소."

"상황이 급박하게 됐소. 지금 서해 상에서 중국군이 남포항으로 향하고 있소. 지금은 전시상황이요. 빨리 7함대를 이동시켜 그들을 막아야 하오."

"우리 미국은 한국 내 전략 지역 분쟁에 군대를 파견하는 것일 뿐이오. 그리고 지도를 가지고 오시오. 우리 미군은 명분 없는 전쟁에 참전할 수가 없소."

"지도는 곧 가지고 갈 것이오. 시간이 없소."

"우리도 그러길 바라오. 그리고 한국이 약속을 어겼으니 조건을 하나 더 추가해야겠소."

"뭐요?"

"우주개발 협력사업을 러시아에서 우리로 바꾸어 주시오. 지금 한국은 러시아와 우주개발기술 이전 등에 막대한 자금을 쏟아붓고 있는 거로 알고 있소. 통일되면 우주개발에 관한 기술을 우리에게 이전받아 가시오."

"러시아가 가만히 있겠소?"

"사실 러시아는 막대한 자금을 받고도 제대로 된 기술이전을 해준 게 하나도 없소. 한국은 계약을 파기할 명분이 충분할 것으로 생각되오. 그리고 한국은 러시아에 이미 충분한 보상을 한 것으로 알고 있소만."

"그렇지만 지금 계약을 파기한다면 우리 한국은 엄청난 손해를 보게 될 것이오."

"잘 생각해보시오. 7함대 보고에 따르면 이미 중국군이 남포항에 다다르고 있소. 이미 3만의 병력이 평양을 향하고 있다는 말이오. 추가병력이 더 투입되면 한국군이 도착하기도 전에 이미 평양, 아니 북조선은 중국의 손에 떨어질 것이오."

이런 나쁜 놈들. 저들의 감시능력으로 보아 중국해군이 남포항으로 이동한다는 사실을 우리보다 먼저 알고 있었을 것이다. 긴박한 상황을 이용하여 최대한 단물을 빨아 먹으려는 속셈이군. 어디 두고 보자. 김호영 차장은 한반도 통일 이후 미군을 철수시키는 그 날을 생각하며 있는 힘을 다해 참고 있었다.

"좋소."

"알겠소. 지도를 가지고 오면 평택항에 주둔하고 있는 7함대 사령부가 남포항으로 이동할 거요."

김호영은 수화기를 집어 던졌다. 알고서도 당하는 이 수치심을 호영은 쉽게 떨쳐버릴 수가 없었다.

"박수귀 장군, 이원일 소령은 왜 아직 오질 않는 거요?"

"네. 차장님. 그게… 최준 팀장이 탈출했습니다."

"뭐요? 그걸 왜 이제 얘기하는 거요."

"지금 전 병력을 동원해서 찾고 있습니다."

"별장은 누가 지키고 있소?"

"우리 수색대 병력 10여 명이 지키고 있습니다."

"병력을 더 증가시키시오."

"네. 차장님."


"놈은 분명 서울로 오고 있겠지. 어리석은 놈. 정말로 나라를 망칠 놈이구먼."

김호영이 혼잣말하며 즉시 전화기를 집어 들었다.

"네. 김 청장님, 저 김호영 차장입니다. 협조 좀 부탁드립니다."

"네. 알겠습니다. 말씀하십시오."

김호영은 최준 팀장의 지명수배를 부탁했다. 김호영 차장의 머릿속이 바빠졌다.

"수방사령관, 나 김호영 차장이오. 아무래도 일을 더 빨리 진행시켜야 겠습니다."

"이미 군은 출동준비를 마친 상태입니다."

"군이 평양을 점령하자마자 청와대로 진격해야 합니다."

"네. 알겠습니다. 준비하겠습니다."

일이 시작되면 정권을 획득하고 일사불란하게 진행시켜야 한다. 지금의 대통령은 그 일을 결정할 만큼 그릇이 크지 못하다. 어린 시절을 김동석 대통령과 함께 보냈던 호영은 그의 성격을 누구보다도 잘 알고 있었다.

## 서울 인근, 구리IC

"긴급뉴스입니다. 북한 김정은 위원장 사망으로 북한 군부 내 쿠데타가 발생했다는 속보입니다. 이에 정부는 군병력을 북한에 파병하고 비상계엄을 선포하였습니다. 국민은 군과 경찰의 통제와 지시에 따르시기 바랍니다."

최준은 라디오에 귀를 기울였다.

"큰일이군. 생각보다 일이 빨리 터졌어. 이대로 청와대까지 가기는 틀렸어. 도대체 병력을 얼마나 깔아 논거야. 이거 전화 한 통 할 수가 없으니."

최준은 고성군에서부터 이미 휴대폰 등 통신장비를 다 빼앗긴 상태였다.

"이대로는 안 되겠어. 청계산으로 가야겠어. 우찬이 잘해줘야 할 텐데."


## 한미연합사령부

벨 사령관은 즉시 미 국방부 펜타곤으로 전화를 걸었다.

"토마슨 국방부 장관님, 한국군이 평양으로 군대를 이동시키고 있습니다. 무력으로 저지할까요?"

"아니요."

"하지만 자칫하면 미군에 엄청난 피해가 발생할 수도 있습니다. 아무리 한반도가 전략적으로 중요하다고는 하나, 그렇다고 주한미군이 큰 피해를 입게 할 수는 없습니다."

"이미 대통령께서 승인하신 작전이요. 그리고 걱정하지 마시오. 저들이 서울을 공격하지는 않을 것이오. 이미 북한 전방지역의 정규군은 북진을 시작했소."

"예?"

"지금 즉시 부대를 경기 남부로 이동시키고 특별한 지시가 있을 때까지 지켜보기만 하되 전투태세를 갖추시오. 그리고 병력 일부를 청계산 CIQ로 이동시키시오. 곧 병력을 써야 할 일이 있을 거요."

"네. 장관님."

"전쟁은 끔찍하지만 가끔은 필요할 때가 있소. 더욱이 우리같이 국방비에 매년 수십조 달러를 쏟아 붇는 상황에서는 더욱더 말이오. 가끔 회수가 필요하지 않겠소. 혹시 이이제이라는 말을 아시오."

"이이제이요?"

"그렇소. 오랑캐로 오랑캐를 잡는다는 뜻이지. 중국은 너무 막강해졌소. 누가 세계 최강국인지 확인시켜 주고 가야 할 필요가 있소. 한반도를 이용해서 중국을 견제할 것이오."

"네 장관님."

"그리고 키팅 태평양사령관과 긴밀한 연락체계를 유지하시오."


## CIA 청계산 본부


"스티븐을 만나러 왔소?"

일반 산속 농장처럼 보이지만 청계산은 그 자체가 큰 요새와 같았다.

"국정원의 최준 팀장이라고 전해주시오."

"잠시만 기다리시오.… 지부장님, 국정원의 최준 팀장이라고 합니다."

"그래. 들여보내."

최준에게는 이번 임무를 수행하면서 CIA로부터 발부받은 ID카드가 있었다. 이것이 없으면 청계산 CIA 본부는 아예 근접조차 할 수가 없었다. 철문이 열리고 긴 터널을 지나, 스티븐의 방에 다다랐다.

"최준 팀장 오랜만이오."

"시간이 없소. 단도직입적으로 말하겠소. 타깃을 찾았소."

"전쟁이 한창인 지금 시점에 타깃이 무슨 큰 의미가 있겠소." 최준은 1년전 그 사건을 CIA와 공조수사를 해오고 있었다.

"이번 전쟁은 단순히 남북 전쟁으로 끝날 상황이 아니오."

최준은 음성 파일이 담긴 USB를 스티븐의 책상 위에 던졌다. 음성 파일을 듣던 스티븐이 놀라서 수화기를 집어 본토에 전화를 걸었다.

"지금 즉시 잡으러 갑시다. 최준 팀장."

"안됩니다. 일단 지도를 가지고 7함대 먼저 출항시켜야 하오. 그렇지 않으면 한반도는 더 깊은 전쟁의 소용돌이에 휘말릴 거요."

"알겠소."

최준과 스티븐은 아파치헬기에 몸을 실었다.

# 제6장
# 미완의 통일

## 강원도 고성군,
## 이철호 박사 별장 근처

별장 근처에 도착한 우찬은 주변의 감시가 생각보다 심해 침투할 수가 없었다. 이미 평양에서는 전쟁이 벌어졌다. 빨리 지도를 찾아서 CIA로 가야만 한다. 방법이 없을까? 우찬의 머릿속이 복잡해졌다. 오랜 고민 끝에 우찬은 고성군 예비군 중대장으로 있는 박노환 소령이 생각났다. '그분이라면 도와줄 거야.' 우찬은 고성군청 예비군 중대장사무실을 찾았다. 예비군들도 비상계엄인지라 경계가 삼엄했다.

"누구야? 손 들어."

국정원 직원입니다. 우찬은 신분증을 든 채 두 손을 위로 올렸다. 중대장님을 만나러 왔습니다.

국정원 신분증에 기가 눌린 한 병장이 2층으로 뛰어 올라갔다. 1분이 채 지나기도 전에 박노환소령이 뛰어나왔다.

"야, 저 새끼 체포해."

전시라 그런지 예비군들도 군기가 바짝 든 채였다. 이미 예비군에까지 내가 간첩죄로 수배되다니, 아차 싶었던 우찬이 당황하며 급하게 말을 이었다.

"소령님, 제 말씀 좀 들어보세요."

우찬은 수갑이 채워진 채 박노환 소령과 마주 앉았다.

"소령님, 시간이 없어요. 절 모르시겠어요. 제가 간첩죄라뇨. 지금 지체하면 전쟁이 확대되는 걸 막을 수가 없어요. 저 좀 도와주세요. 지금 국정원이 반역을 꾀하고 있어요. 일단 저를 무조건 믿고 도와주세요."

"뭘 도와주면 되는데?"

"별장을 지키는 군인들만 유인해 주세요. 그럼 나머지는 제가 알아서 할게요."

"알았어."


## 이철호 박사 별장


"강 대위, 큰일 났어. 간첩신고야."

"네. 어디서요?"

"주민신고가 들어왔는데 토성면 쪽이야. 아무래도 동사무소 병력만 가지고는 힘들어서."

"이거 곤란한데요."

"아, 여기에 1~2명만 지켜도 되는 거 아닌가? 이렇게 수십 명이 있어서 뭐 하려고."

"알았어요. 야, 김 중사하고 강 하사는 남아서 여기 지키고 있어."

"네. 대위님."

좋아. 이제 두 놈이다. 우찬이 군인들의 모습을 보며 생각했다.

"야, 강 하사. 진짜 전쟁이 나긴 나나 봐. 조용하네."

"그러게요. 지금 전군이 전쟁준비로 정신이 없네요. 무슨 소리지? 김 중사님 무슨 소리 못 들으셨어요?"

"저쪽인 거 같은데. 저리로 가, 나는 반대로 돌아서 갈 테니까."

"아무것도 없는데요."

이때 우찬은 2층에서 둘을 향해 몸을 던져 순식간에 제압했다.


"정은 씨, 영일 씨. 모두 무사해서 다행입니다. 빨리 지도를 꺼내서 나가야 돼요. 지금 평양에서는 이미 전투가 한창 진행 중일 겁니다."

"알았어요."

"자, 갑시다."


"이런 쥐새끼 같은 놈들."

박노환 소령이 피투성이가 된 채 강 대위 앞에 쓰러져 있었다.

"어딜 갈려고, 지도 내놔."

주변에는 무장한 수색대원 수십 명이 우찬을 둘러싸고 있었다.

"야, 너희들이 지금 얼마나 엄청난 짓을 저지르고 있는지 알고 이러 는 거야?

우리는 명령에 죽고 사는 군인이다. 사단장님께서 너희를 처리하라 는 명령이시다. 잘 가라."

강 대위는 우찬과 영일, 정은을 향해 권총을 꺼내 들었다.

"강 대위님, 저기 좀…."

아파치헬기가 써치 라이트를 별장에 비치며 빠르게 다가오고 있었다. 우찬은 이때를 놓치지 않고 강 대위를 제압하고 권총을 빼앗았다.

"이제 다 끝났어. 우찬아, 괜찮니?"

"네. 팀장님. 여기 지도요."

"스티븐, 지금 즉시 본토에 연락해 주세요. 이 지도만이 한반도를 구하는 길이에요."


## 평택항, 7함대 사령부

"조나단 사령관, 나 국방부 장관이요."

"지금 즉시 7함대 사령부를 남포항으로 이동시키시오."

"그럼 상륙함을 막을까요?"

"아니. 지금 남포항을 향하는 상륙함은 막지 마시오. 그들이 지나가면 서해안을 봉쇄하시오. 너무 늦으면 북한을 빼앗길지 모르니 추가병력은 막아야 할 거요."

"아니, 장관님. 상륙함에 탑승한 병력이 적지 않습니다. 지금 시점에 3만 명이면 평양에는 치명타입니다."

"너무 걱정하지 마시오. 평양이 그 정도로 쉽게 무너지지는 않을 테니. 그들을 막으면 북한의 피해가 생각보다 적을지도 모르오. 그러면 그만큼 우리의 이익이 줄어드는 거요."

"하지만 한국이 이 사실을 알면 난리를 칠 텐데요."

"어차피 약속은 그들이 먼저 어겼으니 우리에게 별말을 하지 못할 거요. 적당히 핑계를 대고 출발을 최대한 늦추고 저속 항진하시오."

"알겠습니다. 장관님."

"기동병력과 남북연합군이 일전을 치른 후 중국의 선양군구 병력이 남하할 것이요. 그 다음은 휴전선의 배치된 남북한 병력이 중국군을 맞이해서 싸울 것이오. 우리는 사태를 지켜보다 나머지 카오스 작전을 실행하면 되오. 그리고 절대 우리와 중국군의 접전이 있어서는 안 될 일이요. 오로지 저들만의 싸움이 돼야 하오. 서해 상에는 중국 진급잠수함 여러 척과 펑이 항공모함이 있소. 더욱이 그들은 미국 본토공격이 가능한 쥐랑2의 핵탄두 미사일을 탑재하고 있소. 특별히 조심하시오. 항모전단을 최상급으로 구축한 후 출발해야 하오. 하지만 그들 항모의 자체방어능력은 아주 취약합니다. 그러나 그들의 잠수함은 무시할 수 없소. 한국해군과 긴밀히 공조하시오. 한국 잠수함은 작전전개 능력이 탁월하오. 림팩훈련에서 그들은 우리의 항모와 구축함, 순양함을 여러 척 잡았소."

"네, 알겠습니다. 장관님."

한편 신속한 이동을 위해 미리 평택항에 주둔하고 있었던 서태평양 및 인도양을 관할하는 요코스카의 7함대 사령부 소속 조지워싱턴 항공모함과 이지스함, 순양함, 구축함 등 항모전단은 한반도 서해 상으로 이동하기 위해 준비하고 있었다.

"조나단 사령관, 왜 아직 출발하지 않는 거요?"

"아직 출항준비가 덜 됐소."

"무슨 소리요. 7함대가 여기 정박한 지 2주째요. 그동안 출항준비태세를 충분히 갖췄다고 며칠 전 얘기하지 않았소."

"지금 물때가 잘 맞질 않소. 그리고 최상급 항모전단을 구축하기 위해서는 시간이 더 걸릴 거 같소."

"이보시오. 지금 중국 상륙함이 남포항을 향해 가고 있소. 그들을 막아야 할 거 아니오."

"글쎄. 나보고 어떻게 하란 말이오. 참모 작전회의를 해야 하니 그만 나가주시오."

"그러고도 당신이 군인이요."

김철진 중장은 문을 박차고 나왔다. 서해 상의 바다를 바라보며 김철진 중장은 서해 교전 당시 침몰했다가 인양된 참수리 357호 앞에 섰다. 13년 전 김철진은 박정진 소령을 비롯해 아끼는 부하 6명을 잃었다. 김철진은 다짐했다. 꼭 조국통일을 이뤄서 다시는 이런 참상이 없게 하리라고, 그리고 해양강국 대한민국을 만들겠다고. 이런 신념으로 김철진은 이를 악물고 초고속 승진을 한것이다. 하지만 2함대 사령관이 된 지금 그가 할 수 있는 일은 별로 많지 않았다.

전적비 앞에서 한참을 울던 김철진은 출항 소리에 바다 쪽을 바라보았다. 조나단 사령관의 방에서 나온 지 30분이 지난 뒤에 울린 소리였다. 김철진은 출항하는 7함대 항모전단의 위용을 바라보며 언젠가 대한민국 해군을 미국의 힘을 상징하는 저 항모 전력을 뛰어넘는 대양해군으로 만들겠다고 다짐했다.

제7함대 사령관인 조나단 그리니트 중장은 이번 기회에 아시아에서의 패권을 장악하기 위하여 직접 조지워싱턴 항모와 이지스함을 이끌고 블루릿지함에 탑승해 함대를 지휘하며 서해로 서서히 이동을 명하고 있었다. 조나단은 김철진 중장의 말이 못내 마음에 걸렸다. 자신은 이번 일로 자랑스러운 군인으로 퇴역하고 싶었던 자신의 꿈을 접어야 한다는 생각에 눈시울이 붉거졌다.

"존슨 대령, 일단 대잠초계기 P-3c 오리온을 먼저 보내도록 하게."

"네. 중장님."


김동석 대통령의 명령을 받은 국방부 장관은 육군참모총장에게 평양 사수를 명령하기 위해 전화를 걸었다.

"어 나 박찬성인데 육군참모총장 있어?"

"네, 장관님. 저 황 총장입니다."

"지금 즉시 1사단장에게 전화 걸어서 평양 사수하라고 하고, 전군에 진돗개 하나를 발동시키고 전투태세 갖추라고 해."

"그럼 전쟁입니까?"

"그래. 대통령님께서 결정하셨네."

"장관님, 근데 어느 정도 규모로 병력을 보내야 합니까?"

"1사단장 김성일 장군에게 전화하면 다 알아서 할 거라는군. 호영이 새끼가 너무 나서고 있어. 아주 안하무인이야."

"네? 1사단장이요?"

"그래. 1사단장, 그러니 자네는 1사단장에게 평양을 사수하라고 전화나 하게."

"그럼 이번 전쟁의 모든 지휘권이 1사단장에게 있는 겁니까?"

"일단 평양 사수하는 총지휘관은 1사단장이니까 최대한 협조하라고."

"알겠습니다. 장관님."

육군참모총장은 수화기를 내려놓은 뒤 입술을 지그시 깨물었다. 아무리 육사 선배이지만 군대에는 엄연히 지휘체계가 있는 법이다. 황현은 뭔가 잘못되고 있다고 생각했다.

"김 장군님, 육군참모총장입니다. 국방부 장관님이 평양을 사수하라는 명령입니다."

"알겠습니다. 총장님."

"선배님."

황현은 김성일 장군을 불렀다.

"선배님, 군인정신을 잊고 계신 건 아니죠?"

"황현 장군, 옳고 그름의 판단은 역사가 할 걸세."

성일은 무거운 마음으로 수화기를 내려놨다.

1사단장은 재빨리 9, 25, 28사단장에게 전화를 걸어 그동안의 계획대로 평양진군을 명령했다.

"9사단장, 어 나 1사단장이요. 지금 즉시 전투태세를 갖추고 계획대로 평양으로 진군해주시오."

"이제 시작이요?"

"그렇소."


"이 소령, 각 포병대대장하고 각 연대장 사단장실로 모이라고 하고, 특공연대, 전차대대, 포병여단장한테 출발 준비하라고 무전하게."

이미 1사단과 주변 사단은 이번 전투에 대비해서 군단급 전투체계를 갖추고 있었다.

"각 연대장은 전 부대 집결 명령시키고. 우리 1사단을 선두로 개성, 금천, 평산, 신막, 중화를 거쳐 평양으로 들어간다. 군사분계선을 통과하는 순간부터는 언제 어디에서 공격받을지 모른다는 각오로 전투태세를 갖춰야 한다. 우리는 도라산 CIQ를 지나 신속히 이동할 것이다. 알겠나?"

"네. 알겠습니다."

"자, 각 연대로 가서 부대 지휘하고 사단 직할 연대를 선두로 출발할 테니까, 흑표전차대대, 포병여단, 특공연대장들도 지금 즉시 부대를 이끌고 이동하게."

"네. 군단장님."

어느새 김성일 장군의 호칭이 군단장으로 격상되어 있었다.

"자, 각 연대장은 부대 전원 승차시키고 이동시켜."

K511A1 트럭 수백 대가 무리를 지어 평양을 향해 재빨리 이동을 시작했고 그 뒤를 흑표 수백 대가 뒤따랐다. 군사분계선을 지나고 북측 CIQ, 북방 한계선을 아무런 저항 없이 북으로 이동할 수 있다는 사실과 북한지역 전방이 대부분 비어 있다는 사실에 김성일 군단장은 놀랐다.

미국은 이미 인공위성을 이용하여 북한군이 북진하고 있어 미군에 대한 공격이 없을 거라는 사실을 알았을 것이다. 군사위성 하나 없는 남한의 현실, 정보력 때문에 남한은 협상에서 늘 끌려다닐 수밖에 없었다.

"이 대령, 서둘러야겠네. 전방이 텅 비었다는 것은 이미 중국군이 내려오고 있다는 증거 아니겠는가."

"알겠습니다."

그래도 전방지역이 빈 것을 보면 김성규 인민무력부장이 군을 어느 정도 장악하고 있다는 표시로 다행이기는 하지만, 전방부대가 후방으로 북진했다는 것은 곧 중국군과의 일전을 예고하기 있었기 때문에 김성일 군단장은 온몸에 긴장감이 느껴지고 있었다.

## 중국 기동병력과의 일전

　김성규 무력부장은 지휘통제통신정보센터(C4I)로 이동해 전군을 지휘했다.

　"1군단장, 전재선 차수요?"

　"네. 부장동지."

　"고생이 많소. 2, 4, 5군단장에게 연락해서 지금 즉시 북진하라고 하시오. 전 차수는 1군단 병력하고 108, 425, 806 등 기계화 사단과 820 전차 군단, 620포병 군단 등 화력 부대를 안주, 개천, 덕천으로 이동시키시오."

　"부장동지, 일단 남포 먼저 막아야 하는 거 아닙니까?"

　"어차피 남포를 막아도 위쪽이 뚫리면 아무 소용이 없소. 저들이 노리는 게 그거요. 병력을 분산시키면 평양 위아래로 뚫린다는 말이오. 심양군구의 5개 집단군 병력만 해도 25만 병력이요. 아니면 그 이상 될 수도 있고. 그들이 보유한 전차와 장갑차만 2천 대가 넘을 것이오. 거기에 베이징군구 병력까지 이동하게 된다면 우리 전력을 모두 쏟아부어도 부족하오. 중국도 우리 측 전방 화력을 안다면 적지 않은 병력을 보냈을 테니까 조심하시오. 그리고 군단 직할 특공연대를 각 보급창고로 보내서 보급선 먼저 확보하시오."

　"부장동지, 하지만 우리도 전차하고 장갑차 5천여 대를 올려보낼 테니 너무 걱정하지 마십시오."

　"하지만 우리 측 전차는 성능과 화력면에서 중국 전차에 비해 많이 떨어지니까 물량만 믿고 성급한 행동은 삼가시오. 더욱이 보급창고를 확보하지 못하면 전차는 고철 덩어리에 불과하오."

그래, 육지전은 해볼 만하다. 하지만 결국 장기전으로 가서 공군과 해군까지 가세하면 우리는 며칠 버티지 못할 것이다. 김성규 부장은 여기까지 생각이 미치자 이 전쟁의 열쇠는 계획대로 미국이 중국을 얼마나 견제하느냐에 달렸다는 결론을 내렸다.

　"남포쪽 진격은 남한군이 도착할 때까지 어떻게든 평방사와 경비사 병력으로 막아내야 하네. 박칠석 대좌 어떻게 해야겠는가?"

　"부장동지, 대동강에 방어진을 쳐야 합니다. 지금은 장마철이라 그들이 도하작전을 쉽게 펴지는 못할 것입니다. 아마도 두루섬이나 능라도 쪽으로 도하를 해올 것입니다."

　"알겠네. 평방사령관은 지금 즉시 대동강교, 옥류교를 비롯한 모든 교량을 파괴하고, 중국군의 도하를 막을 수 있도록 진지를 구축하도록 하시오. 시간이 얼마 남지 않았소. 그리고 지금 즉시 남한군으로 전령을 보내서 낙랑동에서 중국군 후방을 치라고 전하시오. 박 대좌의 말대로 중국놈들은 도하작전을 쉽게 펼치기 위해서 두루섬을 진격 루트로 잡을 것이오. 지금은 대동강물이 불어나 도하가 쉽지 않소."

　"시간이 없는데 12군단에 전보를 쳐서 알리시는 게 낫지 않겠습니까?"

　"아닐세, 지금 우리 군 곳곳에 중국군 첩자가 있소. 더욱이 도청이라도 당하는 날에는 치명적이오. 시간이 걸리더라도 정찰국 소속의 정찰대를 보내도록 하시오."

　"네, 알겠습니다. 부장동지."


　"나 평방사령관인데, 24정찰대 대장 연결하시오."

　"연결됐습니다."

"대대장, 지금 믿을 만한 놈으로 뽑아서 지휘통제소로 좀 오시오."

"알겠습니다."


## 중국

량광리예 총참모장이 허겁지겁 뛰어들어와 말했다.

"주석 각하, 지금 미국 7함대 소속 조지워싱턴 항모와 이지스함이 서해 쪽으로 이동하고 있다는 보고입니다."

"뭐?"

한미연합연습(UFG)을 빌미로 저들의 7함대가 평택의 한국 2함대 사령부에 정박하고 있을 때 어느 정도 예상은 했었지만 이렇게 신속히 이동할 줄은 몰랐다. 보고를 듣던 리컹취 주석은 깊은 고민에 빠졌다. 사전에 공조했다는 얘기인가. 결국 미국은 우리가 북한을 차지하는 것을 좌시할 수 없다는 얘긴가.

"그럼 우리 상륙부대는 어떻게 됐소?"

"무사히 남포항에 상륙했습니다. 근데 이상하게도 그들의 항모전단이 아주 천천히 이동하고 있습니다. 더욱이 그들은 우리의 상륙 사실을 알았을 텐데도 저지하지 않았습니다."

"미국놈들 무슨 속셈이지?"

량광리예 참모장이 혼잣말처럼 말하자 리 주석이 대답했다.

"아마도 북한의 초토화겠지. 그들은 이번 전쟁을 최대한 이용할 걸세."

"그리고 저, 그리고…."

"그리고 또 뭔가?"

"DMZ에 주둔에 있는 한국군도 평양으로 이동을 시작했다는 첩보입니다."

량광리예 총참모장의 말이 끝나기도 전에 리컹취 주석은 선양군구 류쉬앙 중장에게 전화를 걸었다.

"류쉬앙 중장, 지금 당장 압록강변에 배치되어 있는 35만 전병력을 평양으로 진격시키시오."

"네? 주석 각하 그럼 전면전입니까?"

"그렇소. 이미 북한의 전방주력부대가 압록강 쪽으로 이동하고 있소."

"그전에 8군단과 연합해서 후방지역을 모두 장악하고 평양을 공격해야 하오. 이미 미국이 개입을 했소. 미군이 서해 쪽으로 이동을 시작한 이상 이미 제공권과 제해권은 의미가 없소. 저들도 쉽게 우리를 공격하지는 못할 것이오. 육지 전에서 승리하는 자가 모든 것을 가지게 될 것이오. 아마 주한미군은 이번 전쟁에 참전하지 않을 것이오. 미 의회가 또다시 미군의 희생을 용납할 것 같소? 단번에 밀어붙여야 하오. 그렇지 않으면 전쟁이 길어지게 되고, 우리의 피해 또한 커지게 될 것이오."

"알겠습니다."

리컹취 주석의 머릿속이 복잡해졌다. 당초 북한의 치안유지와 핵의 안정화를 위해서 신속하게 평양을 점령, 과도정부를 수립한 후 동북공정을 발표 중국영토로 흡수하면 끝이라고 생각했다. 근데 리용철이 머저리 같은 놈이 일을 제멋대로 추진하다가 이렇게까지 그르치게 된 것이다. 리용철은 어떻게든 놈을 이용하여 북한만 차지하게 되면 1순위로 제거해야 할 대상이기도 했다. 차례로 북한인사를 제거하고 중국관리를 배치해서 중국화 시키면 된다.

한반도는 중국본토에서 하지 못하는 중화학공업을 육성하고, 전략군을 배치하면, 일본과 나아가 미국까지 위협할 수 있는 천혜의 요충지였다. 리 주석은 중국의 원대한 계획을 생각하면 흐뭇했다. 일단 미군이 서해에 배치됐다면 남포를 통해 추가병력 투입은 어려울 것이다.

어차피 북한군은 식량과 연료가 넉넉하지 못했다. 후방과 중부지대의 보급창고와 연료 시설만 파괴하면 저들의 전차는 쓸모없는 고철 덩어리에 불과했다.

"북해함대의 장딩과 상장을 연결시키게."

"네. 주석 동지."


"나 리컹취 주석이요."

"네, 주석 각하. 지금 즉시 창첸 1호 핵잠수함과 상하이(펑이) 항모를 서해안에 급파하시오. 그리고 창첸 2, 3호를 태평양으로 이동시키시오."

"네? 태평양이요?"

"그렇소."

"지금 시점에 태평양이라 함은 무슨 의미입니까?"

"저들이 가장 무서워하는 것은 본토에 대한 핵 공격이요. 창첸 호는 8천 ㎞의 쥐랑2 핵탄두 미사일을 장착하고 있소. 핵잠수함이 태평양 한가운데서 작전을 펼치는 것만으로도 저들의 전력을 분산시킬 수 있소. 만약을 대비하는 거요."

"네. 주석 각하. 안 그래도 미군이 이미 이동을 시작했다고 해서 저희도 모든 준비를 해놨습니다. 이참에 아예 미국도 날려버려야 겠습니다."

"성급한 군사행동은 삼가시오. 미국은 아직도 세계 제1의 군사대국이요. 그리고 미국의 항모는 우리의 항모보다 능력이 훨씬 우수하오. 어디로 이동하는지 규모는 어느 정도인지 그냥 감시만 하시오."

"네. 알겠습니다."

장딩파 상장은 입 끝을 올리면 말끝을 흐렸다.

"주석 동지는 너무 우유부단하단 말이야. 리자루 참모, 일단 서해로 창첸과 상해를 이동시키시오. 내가 직접 탑승할 것이오."

중국군은 파죽지세로 북한의 후방군을 섬멸했다. 섬멸이라고 하기보다는 후방군 대부분이 김정은 국방위원장 서거 소식과 평양의 내분 소식을 듣고 탈영하거나, 반란을 일으켜 조직이 와해된 상태였기 때문에 스스로 붕괴한 것이나 마찬가지였다. 중국군 특수부대는 각 지역의 요충지로 침투해 식량과 연료 등 보급창고를 기습 타격하기 시작했다.

"김성규 부장님의 예상대로 중국군이 두루섬에 도하 진지를 구축할 거 같습니다만, 생각보다 화력이 강합니다. T-70, T-90전차와 장갑차 약 200여 대와 자주포 견인포를 생각보다 많이 가져왔습니다. 거기다 남포 해군사령부 병력까지 가세해서 버티기가 쉽지 않은 모양입니다. 그리고 지금 후방으로 이동하는 우리 병력이 보급을 받지 못해 전차와 장갑차 대부분을 버리고 보병만으로 이동하고 있다는 소식입니다. 그게 중국군 특수부대원이 후방과 중부지대 보급창고를 모조리 기습 타격하는 바람에…."

"뭐요? 그럼 기계화사단 없이 북으로 진격하고 있다는 얘기요?"

"승산이 없소. 이건 우리 인민들을 사지로 모는 것과 다름없소."

"그렇다고 지금 진격을 멈출 수도 없지 않습니까? 일단은 두루섬의 중국군부터 막아내야 하지 않겠습니까?"

"왕샤오핑 소장님 적의 병력은 평방사가 약 4~5만 정도, 경방사가 약 2만 정도 되는 것으로 파악됩니다."

"적의 화력은 어느 정도인가?"

"평방사의 105전차 사단을 비롯하여 다수의 장갑차와 전차를 보유하고 있고 화력은 북한 내 최고지만 그 수가 얼마 되지 않습니다."

"그래. 수고했네. 자오징 대교. 대동강 폭은 7~8백 m 밖에 되지 않는다. 적의 주력전차 T-55 전차 주포사거리는 약 15㎞ 정도, 자동탐지추적기능 약 3㎞ 지금은 날씨가 흐려 육안식별이 어두워 가시거리가 1㎞ 밖에 되지 않는다. 여기 10㎞ 지점에 진지를 구축하고, 밤에 이동하여 두루섬을 거쳐 도하한다. 제1, 2사단은 96식 전차가 포격을 시작하면 두루섬을 거쳐 도하를 시작한다.그리고 제3사단과 남포사령부 소속 해병대는 능라도 쪽으로 도하해서 지휘통제소로 바로 진격한다. 오늘 밤 인시(새벽 3~5시)에 총공격한다. 반드시 오늘 밤 안에 도하에 성공해야 한다."

"네. 소장 동지."

왕샤오핑 소장의 일사불란한 지휘에 예하 장병들이 서둘러 도하준비를 시작했다. 왕샤오핑은 중국군이 전력면에서는 월등하다는 것을 알고 있었지만, 평양이 저들의 안방인 만큼 긴장을 늦출 수가 없었다.

인시가 되기 5분 전, 장마철 흐린 날씨와 하루 중 가장 어둡다는 인시가 겹쳐 칠흑 같은 어둠을 만들어내고 있었다.

"부장동지, 왠지 불안합니다."

평방사령관 박기서 중장이 말을 꺼냈다.

"제1 방어선에 누가 나가 있소?"

"박칠석 대좌와 이성식 상좌가 나가 있긴 합니다만, 지금 우리 인민군의 사기가 워낙 떨어진 데다 곧 순천에서도 밀고 내려오는 거 아닌가 하는 불안감에 인민들이 동요하고 있습니다."

또다시 중국과의 전쟁이라, 고구려 살수대첩 이후 1400년 동안 중국과의 수많은 전쟁이 있었다. 오늘만큼은 반드시 지켜내야 한다고 생각했다. 아니 반드시 지켜내고 싶었다. 펑,펑. 대동강 건너편에서 연달아 96식 전차의 주포 125mm 48구경장 활강포가 불을 뿜고 있었다.

"이제 시작인가, 박칠석 대좌가 잘해줘야 할 텐데."

김성규 인민무력부장은 저 멀리 대동강을 응시했다.

"박 대좌님, 놈들의 전차 공격입니다."

"김 소좌, 전차와 병력을 최대한 산개하고 뒤로 물려. 전차를 뒤로 물리란 말이다."

"네, 대좌님."

"저들은 우리가 지금 가시거리가 짧다는 것을 알고 5~10㎞ 지점에 진영을 갖추었음이 틀림없다. 김 소좌, 김 소좌."

"네. 대좌님."

"지금 즉시 170㎜ 자주포와 240㎜ 방사포를 위도 39도 57분, 경도 125도 43지점에 집중포격하라고 무전치시오."

"네. 알겠습니다."

"제1포병장, 나 김 소좌요. 지금 즉시 불러주는 좌표로 집중 타격하시오."

김 소좌는 박칠석 대좌가 불러준 좌표를 제1포병장 최 대위에게 그대로 옮겼다.

"네. 알겠습니다."

박칠석 대좌는 96식 전차가 T-55 전차보다 사거리가 약간 더 길기 때문에 맞포격을 할 경우 인민군의 피해가 훨씬 크다는 것을 알고 있었다. 박 대좌는 즉시 C4I에 무전을 쳐 대공 포대의 집중포격을 요청했다.

"저들이 뒤로 물러나고 있습니다. 자오징 대교님. 근데 저들의 자주포와 방사포가 우리 베이스캠프를 집중포격하고 있습니다."

"뭐야? 이런 가시거리에서 우리의 베이스캠프를 이렇게 빨리 찾아내다니. 더욱이 저들의 레이더 성능에 걸려들 만큼 우리 전차의 연막탄이 형편없지는 않을 텐데."

"대동강 건너편도 건너편이지만 동서남북 사방에서 포탄이 날아오고 있습니다."

"뭐야? 그래 이곳은 저들의 안방이다. 저들은 평양사수를 위해 평양시내 내외곽 도처에 각종 자주포와 대공포 등을 숨겨 놓았다고 들었다. 아마 평양 외곽의 대공포 기지겠지. 이미 후퇴하기는 늦었다. 계속 진격하고 제1, 2사단은 두루섬에 도하한다."

양쪽의 포격이 한 10여 분쯤 계속된 후 본격적인 도하가 시작되었다.

"대교님, 우리 쪽 피해가 너무 큽니다."

"그래도 어쩔 수 없다. 이미 늦었어. 후퇴하면 다 전멸이다."

생각지도 못했던 저들의 자주포와 방사포로 인하여 중국군의 피해가 상당했다.

"박 대좌님, 능라도 쪽이 뚫렸다고 합니다."

능라도 쪽은 경방사가 맡고 있었으나, 경방사의 화력은 보잘것없었다. 그럼 이쪽은 유인책이고 저들의 진짜 진격로는 능라도를 통해 지휘통제소로 가는 것인가. 저들은 지휘통제소와 가까운 두루섬을 통해 도하하는 척하다 상대적으로 방어가 약한 능라도를 통해 집중공격을 감행한 것이다. 성동격서였다.

하지만 어차피 수적 열세의 병력을 가지고 방어하는 쪽에선 어느 한 쪽에 병력을 집중하는 수밖에는 별다른 도리가 없었다.

"제1군은 여기를 사수하고 제2, 3, 4군은 보통강을 넘어 인민군 교예극장으로 간다."

"너무 늦은 게 아닐까요. 대좌님."

"아니다. 거리상으로는 우리가 더 가깝다. 서두르면 막을 수 있다. 김소좌."

"네, 대좌님."

"우리가 보통강을 넘으면 보통교를 비롯한 모든 다리를 폭파하도록 하시오. 지금 즉시 폭파병을 각 다리로 보내도록."

"알겠습니다."

"저들이 보통강을 넘으면 양쪽협공을 받게 된다. 그럼 우리 인민군은 전멸이다. 그나저나 남조선 동지들은 왜 이렇게 안 오는 거지? 일이 잘 못된 것인가."

인민군 교예극장에 미리 진지를 구축한 이성식 상좌는 놈들을 기다렸다. 하지만 신속히 이동하느라 자주포와 방사포 대부분을 가져오지 못했다. 전차 몇 대와 개인화기로 막아낼 수밖에 없는 상황이었다.

QBB-95, QBZ-95 기관총으로 중무장한 중국군과 TYPE-98, 99식 최신형 전차가 서서히 눈에 들어왔다.

그들은 빠른 속도로 지휘통제소를 향해 달렸다. 몇몇 낯이 익은 놈들도 눈에 들어왔다. 특수전 교육 때 같이 훈련받던 리 중좌였다. 그는 자신의 휘하병력을 인솔하여 지휘통제소로 향하고 있었다.

"이성식 상좌님 지금 쏠까요?"

저들의 레이더 감지를 피하기 위해 북측 전차는 모두 엔진을 꺼놓은 상태였다.

"좀 더 깊숙이 들어와야 전차 공격을 최대한 피할 수 있다. 전차 대 부분이 시내로 들어올 때까지 기다려라. 지금이다."

이성식 상좌의 공격 신호와 함께 옥상의 PKM 기관총이 중국군을 향해 화염을 토해내기 시작했다. 신속히 이동하기 위해 이상좌는 병사들에게 비교적 20~60kg 정도의 가벼운 60㎜, 82㎜ 박격포를 챙기라고 지시했다.

"박 중위는 옥상에서 중국군 병력을 전차 주변으로 모여들도록 지원 사격하고."

"리 중좌."

"네, 대좌님."

"자네는 지금 즉시 방사포와 박격포를 교예극장 주변에 집중포격하라고 무전하고 병력 뒤로 이동시켜."

"네, 알겠습니다."

드디어 적들이 올가미에 걸려들었다. 아무리 우세한 화력도 시가전에서는 큰 위력을 발휘하지 못하게 마련이다. 이어 러시아제 트럭 위에 설치된 22연장 M-1991방사포가 불을 뿜어내기 시작했다. M-1991 방사포의 화력은 대단했다. 비록 발사속도는 1분에 한 발꼴로 느리긴 했지만 한번 장전 22발에 약 1만 평의 지역을 초토화할 수 있었다.

느린 발사는 박격포가 이를 보완해주었기 때문에 중국군 선두군은 속수무책으로 포탄을 받아내고 있을 수밖에 없었다. 하지만 재장전에 20분 이상 시간이 걸리기도 하였지만 재장전할 포탄이 없는 것이 문제였다.

인민군의 화력시범이 끝나자 기다렸다는 듯이 저들의 전차에서 불을 뿜기 시작했다. 저들의 화력이 많이 약해지긴 했지만, 기관총과 박격포만으로 상대하기는 역부족이었다.

"리 중좌, 우리는 오늘 여기서 죽는다."

날이 서서히 밝아오기 시작했다. 육탄으로 저들의 전차를 막아내고 있을 때 대동강 너머에서 포탄이 날아오는 소리가 들렸다.

"장 상교님, 이게 무슨 소리죠?"

"저우 중교, 레이더에 잡히는 게 없는가?"

"레이더에 전혀 잡히는 게 없습니다."

처음 듣는 포탄 소리였다. 설마, 남한군인가. 장 상교는 전차의 망원 렌즈를 들여다 보았다. 안개가 낀 대동강 너머로 희미하게 검은색 물체가 보였다.

한국군 주력전차인 흑표였다. 흑표는 레이더가 쏘는 전자파를 흡수하는 최신형 페인트를 칠한 덕분에 레이더를 피할 뿐 아니라 유도교란 장치 덕분에 적의 레이더에 쉽게 노출되지 않았다. 140㎜ 활강포를 탑재한 세계최고 화력의 흑표는 이동 중 목표물의 정확한 조준뿐만 아니라 헬기공격능력과 수심 4~5m의 수중이동이 가능한 그야말로 꿈의 전차였다.

이어 후방에서 쏜 k-9 자주포의 포탄이 연달아 중국군 진영에 떨어졌다. 자동 수심측량장치가 탑재된 흑표는 대동강의 수심이 제일 얕은 쪽을 찾아 빠르게 입수했다.

1~2분이 지나자 대동강 건너편에 흑표가 나타나 교예극장으로 포를 쏘며 빠르게 이동했다. 자동장전 시스템 덕분에 분당 16발을 쏘며 적의 레이더를 교란, 공격을 피해 빠르게 적을 섬멸했다. 이어 한국군이 능라섬을 거쳐 시가지로 진입하기 시작했다.

"정 대령."

"네, 군단장님."

"지금 즉시 포병연대장에게 교예극장에 집중 포격하라고 무전하게.

이참에 아예 싹 쓸어버리자고."

중국군 전차는 흑표의 레이더 성능보다 뒤떨어진 탓에 어디서 날아오는지도 모른 채 포탄을 받아내고 있었다.

"장 상교님. 안되겠습니다. 후퇴해야 합니다."

"늦었다. 어디로 후퇴한단 말이냐."

앞뒤로 협공이었다.


"박칠석 대좌, 우리가 너무 늦은 건 아닌지 모르겠소."

"아닙니다. 김성일 군단장 동지. 두루섬 쪽으로 빨리 가서 지원 좀 해주시기 바랍니다."

"걱정하지 마시오. 한국은 이미 두루섬을 넘어 중국군의 후방을 공격하기 시작했을 거요."

잠시 후 옥류관 뒤쪽에서 58톤의 육중한 모습의 흑표가 나타나고 특공연대가 뒤를 이었다. 흑표는 NCW(네트워크 중심전) 체계를 이용하여 적을 보다 빨리 탐지 C4I에 전송하여 전장의 모든 상황을 전군이 모니터로 공유 선제 타격하는 컴퓨터 네트워크 덕분에 최적의 타격체제를 갖추게 되었다.

"김성규 부장동지는 지금 어디 있소?"

"지휘통제센터에 있습니다."

"어서 갑시다."

지휘통제센터는 수 미터 두께의 콘크리트와 강철로 둘러싸여 핵 공격에도 버틸 수 있을 것 같은 철옹성이었다. 김성규와 김성일은 감격의 두 손을 맞잡았다.

"고맙소. 조금이라도 늦었다면 조국통일의 꿈은 물거품이 될 뻔했소."

"그래, 지금 상황은 어떻소?"

"중국놈들의 기동공격을 막아냈다고는 하지만 문제는 저들의 주력군이오."

"육군이라면 북한도 중국에 뒤지지 않는 거로 알고 있소만."

"우리야 대부분 화력을 휴전선에 배치한 걸 잘 알고 계실 거요. 중국 주력부대를 막으로 후방지역으로 가기 위해서는 연료 보급이 급선무인데 중국 특수부대가 문천, 곡산 등 중연지대 도처의 보급창고를 모두 파괴하고 있소."

"우리군 간부 중에 중국 측에 매수된 자들이 많소. 그들이 우리 군사기밀 대부분을 알고 있다고 해도 과언은 아니오."

"우리 남한도 사활을 걸었소. 그래도 전면전으로 가면 우리에게 승산은 없소."

결국 백두산이 이 전쟁의 열쇠군. 김성일군단장은 폐허가 된 평양시내를 바라보며 조국의 현실에 비통함을 참을 수 없었다.


## 미국 7함대


미국의 7함대 사령부 소속 조지워싱턴 항모와 이지스함은 서해 NLL 부근의 백령도를 넘어 장산곶 부근에 주둔하고 있었다. 중국은 정전협정 당사국으로서 엄연한 영토침범이라고 미국을 강력히 비난하고 나섰다. 미국의 이번 서해 침범은 아시아에서의 군사적 긴장을 고조시키는 매우 유감스러운 일이라고 미국에 집중포화를 여는 한편 긴밀히 미국에 특사를 파견하기에 이르렀다.

"라오즈 특사. 우리는 한반도, 나아가 아시아의 평화를 원하오. 하지만 지금 중국의 군사적 행동은 엄연한 침략행위 아니오."

"그렇지 않소. 우리는 타당한 명분이 있소. 우리의 옛 영토를 되찾는 것이오. 그리고 북한 측의 요구로 치안유지 및 핵 안정화를 위하여 군대를 파견했을 뿐이오. 북한 측이 왜 우리에게 군대를 요청했는지 아시오? 북한 측이 우리에게 군대 파견을 요청한 것은 한반도는 예부터 우리 중화인민공화국의 땅이었기 때문이오. 고구려는 물론 발해도 우리 지방정권 중 하나에 불과했소. 그러니 우리는 옛 조상의 땅을 찾는 것에 불과하오."

"글쎄요. 동북공정을 말하는 거 같은데…. 한국은 간도가 자신의 영토임을 증명하는 지도를 가지고 있다고 주장하고 있소."

아니, 그럼 이미 미국도 그 지도의 존재를 알고 있다는 말인가. 라오즈특사는 당황하고 있었다.

"더 할 말이 있소?"

"우리도 여기서 물러설 순 없소. 나는 이 전쟁이 더 크게 번지는 것을 원하지 않소. 미국이 직접 전쟁에 개입하길 원하지 않소. 미국이 직접 개입한다면 우리 중국도 가만히 있지는 않을 것이오."

"미국도 이번 전쟁에 직접적으로 개입하고 싶지는 않소. 사태가 잘 해결되길 바랄 뿐이오."

## 청와대

"김호영 차장, 북한 상황은 어떤가?"

"일단 평양은 가까스로 지켜냈습니다만, 지금 중국군 40만 대군이 압록강을 넘어 평안북도 초산, 벽동에 주둔하고 있습니다. 지금 휴전선 부근에 1사단을 제외한 10개 GOP 사단과 예비사단 등 총 15만 병력과 수기사 등 5개 기계화 보병사단을 배치해서 만약에 사태에 대비하고 있습니다."

"북한의 정규군단은 어떻소?"

"쉽지 않습니다. 현재 평양을 넘어 북상 중이나, 대부분의 보급로가 차단되어 전차 등 대부분 전력이 소진된 상태입니다."

"휴전선 부근 우리 사단을 북상시키면 어떻겠소?"

"대통령님, 일단 지켜보시죠. 계획이 있습니다."

"그러다가 저들이 단번에 밀고 내려오기라도 한다면 어떻게 되는 거요?"

"지금 중국군과 전면전으로 가면 우리 군의 피해가 더 클 것입니다. 너무 걱정하지 마십시오. 단번에 중국군을 무력화시킬 수 있는 엄청난 작전입니다."

"알겠네. 나는 김호영 차장만 믿겠네."

만에 하나 스톰 작전이 실패하더라도 북한군이 어느 정도 중국군을 상대하고 중국의 심양군구 병력이 소진된 상태에서 밀고 올라가야 간도를 수복할 수 있다. 전쟁이 깊어질수록 호영도 점차 야심을 드러내고 있었다.

"지금 밀고 올라갔다가 패전하면 남한까지 위태롭습니다."

"그나마 이쪽이야 미군이 주둔하고 있으니 쉽게 밀고 내려오지는 못하지 않겠는가?"

"대통령님, 상황이 변하면 미국도 어떻게 돌아설지 모릅니다."

호영은 오로지 남북의 힘으로 통일을 해야, 자주국가가 될 수 있다고 굳게 믿었다. 통일 후 그 과실을 결코 미국이 먹도록 둘 수는 없었다.


## 미 국방성 펜타곤

"대통령님."

토마슨 국방부 장관이 말문을 열었다.

"저들의 동북공정은 오랜 시간을 두고 체계적으로 정립돼온 역사적 결과물입니다. 한국이 지도를 가지고 온다고 해도, 중국이 이미 전쟁을 시작한 마당에 무의미할 뿐입니다. 카오스 작전이 실패하고, 우리의 계획임이 드러나면 감당하지 못할 사태에 이를 것입니다. 어떻게 계속 진행할까요? 제3차 세계대전까지 염두해 두셔야 합니다."

"중국은 우리 미국의 최대 채권국이오. 이대로 가다가는 어차피 미국의 미래도 없소. 또한 우리가 포기한다면 중국은 동해 상에 함대사령부를 신설해서 아시아에서의 패권을 장악할 게 뻔한 거 아닌가?"

"맞습니다. 결국 남한도 좌파정권 수립 후 수년 내에 공산화가 진행될 가능성이 높습니다."

"그 반대라면요?"

제이슨 국무장관이 토마슨 국방부 장관에게 물었다.

"그 반대라면 남북한이 통일될 경우 향후 10년간은 사회, 경제적인 문제로 큰 혼돈이 예상됩니다. 허나, 그 이후 인적, 물적 성장동력을 얻은 한반도는 무서운 속도로 발전할 것입니다. 또한 만약에 간도를 수복한다면 10년이 아니라 수년 아니 1~2년 내에 통일의 혼란을 극복하고 중국을 압도하는 아시아 제1국이 될 것입니다. 그럴 경우, 중국의 공산주의도 수년 내에 붕괴될 가능성이 높습니다."

"중국이 우려하는 것도 그것 아니겠소? 결국 민주화로 인한 중국 소수민족의 분열 말이오. 결국 관건은 통일은 하되 이번 전쟁에서 중국과 남북한이 얼마만큼의 피해를 입느냐가 우리 미국의 앞날을 결정하겠군."

"그렇지만 남한은 우리의 동맹 국가가 아닙니까? 남한을 전쟁의 수렁으로 몰아넣는 것이 과연 옳은지 모르겠습니다. 남한을 또다시 1950년대로 되돌리려고 그러십니까? 남한의 아름다운 서울을 굳이 불바다로 만들어야 하는 이유가 우리 미국의 국익 때문입니까? 우리 미국의 이상은 세계의 평화와 민주주의 수호 아닙니까?"

제이슨이 비난조로 토마슨 국방부 장관을 몰아붙이자 빌 대통령은 제이슨을 쳐다보며 말을 꺼냈다.

"세계의 평화와 민주주의를 수호하는 힘이 어디서 나온다고 보시오? 국무장관이 한 말 모두 맞는 말이오. 하지만 현실은 그렇지가 않소. 우리 미국의 이상을 실현시키기 위해서라도 돈이 필요하오. 지금 미국의 부채가 얼만 줄 아시오?"

제이슨은 최근 미국의 부채와 경기침체를 생각하자 더이상 반문하지 못했다.

"중국의 공산주의가 붕괴하고 사회가 혼란스러우면 투자자가 빠져나가고 금융대란이 일어날 것입니다. 그러면 우리 월가와 IMF와 IBRD를 이용에 그동안 중국이 쌓아 올린 막대한 자산을 쉽게 손에 넣을 수 있을 것입니다. 그리고 우리는 승전국으로서 중국에 채권의 소멸을 요구할 것입니다."

"국방부 장관 그럼 중국과 남북 연합군의 전쟁은 얼마나 지속시키는 게 좋겠소?"

"글쎄요, 우리의 도움 없이 남한이 얼마나 버티느냐가 관건 아니겠습니까? 아마 수일 내에 결론이 날 겁니다. 양쪽 다 사활을 걸고 치르는 전쟁입니다. 북한은 물론 서울까지도 초토화될 가능성이 높습니다."

"조지 테닛 국장, 카오스 작전은 계획대로 진행시키시오. 타이밍을 놓쳐선 안 되오."

"걱정 마십시오. 대통령님, 이미 러시아, 인도, 일본의 협조를 얻어냈습니다. 그리고 티베트족, 위구르족장 등 5개 자치구도 우리의 작전명령만 기다리고 있습니다."

"차질이 없어야 하오. 매년 CIA 예산의 절반 이상을 10년 이상 쏟아부은 프로젝트요. 또한 이번 작전에 우리가 개입되어 있다는 것을 다른 국가가 알아도 안 되오."

"네, 대통령님."


## 영변 핵시설과 무수단리 미사일 기지를 찾아 나선 특수부대원들

시간이 얼마 없었다. 곧 중국군이 평양으로 들이닥칠 것이다. 그 전에 영변 핵시설과 무수단리 미사일 기지를 손안에 넣어야 했다. 81경보여단 소속 여단장 최장길 대좌가 조용히 부대원들을 불러 모았다.

"우리 병력은 고작 450명이다. 지금 평안북도 도처에는 중국군 소속 특수부대원과 8군단 소속의 경보병 여단 3개가 흩어져 우리를 찾고 있을 것이다. 우리는 3일 안에 영변에 보관된 플루토늄 핵탄두를 동창리 미사일 기지로 옮겨야 한다. 이미 무수단리 미사일 기지는 저들의 손에 넘어갔다는 정보다. 자, 영변으로 간다."

"이덕규 대좌."
"네, 부장동지. 지금 즉시 작전 1조를 82, 87경보 여단에게 보내시오. 핵탄두는 평양에도 있으니 영변을 포기하고 무수단리를 사수하라는 암호문을 전달해야 하오. 우리의 마지막 희망이니 실수가 없어야 하오."
"알겠습니다."
"박용철 중좌를 작전조장으로 보내시오."
"하지만 그자는 좀 위험한 인사인데 어찌 그자를 보내시려고 하십니까?"
"성동격서요. 우리는 영변을 칠 거요. 다만, 그 시선을 돌리고자 하는 거요. 박 중좌는 리용철이 김성규를 감시하기 위해 심어놓은 자였다."
"박 중좌, 지금 즉시 82, 87경보 여단으로 가서 이 작전문을 전하시오."
"알겠습니다."
"신속히 전해야 하네. 이 작전만이 우리의 마지막 희망이오."
"네. 지금 즉시 출발하겠습니다. 우리 작전 1조는 지금 즉시 운산군으로 간다. 자 차에 탑승하도록."

"이 대위, 잠깐 10초소에 좀 들리게."
"네, 알겠습니다. 나머지 조원은 여기서 기다린다."

박 중좌는 평양의 관문 10초소로 들어가 8군단에 긴급히 통신문을 친 후 조원을 함흥시로 이끌었다.

"류쉬양 중장님 전보입니다. 82, 87경보여단이 무수단리로 이동 중이랍니다."

"그럴 리가 있는가? 영변의 핵탄두 없이는 무수단리 미사일 기지는 무용지물일 텐데."

"그게 암호문을 해독해 보면 핵탄두는 평양에도 있으니 지금 즉시 무수단리로 가서 미사일 기지를 사수하라는 내용입니다."

"믿을만한 정보인가?"

"정찰국에 우리가 심은 사람입니다."

"지금 즉시 특수부대를 무수단리로 이동시키시오."

칠흑 같은 어둠을 몸으로 감싸며 최장길 대좌는 영변의 핵연료봉 저장시설로 서서히 접근하고 있었다.

"조심해라. 전기 철망이다. 땅속에는 철근이 박혀있어 넘어갈 수밖에 없다."

최장길 대좌는 절연소재의 전투 담요를 철망 위에 던져 걸친 후 벽을 타듯 빠르게 철조망을 넘었다.

"3인 1조씩 5개 조만 안으로 침투하고 나머지 조는 반경 1㎞안에 1선, 3㎞안에 2선 엄호조를 구축한다. 우리가 핵탄두를 가지고 빠져나오면 1선과 2선은 여기서 저들의 추격을 막는다. 꼬박 6시간을 비트 안에서 기다렸다. 최대한 시간을 벌기 위하여 저들이 교대하는 틈을 노려 일순간에 제압해야 한다. 보통 교대 후 5분까지는 경계태세를 갖추기 전이기 때문에, 일거에 무너트릴 수 있다. 그리고 비트 안에서 보초병의 동선과 수를 정확히 파악해야 한다. 보초병은 1층 정문에 2명, 냉각탑 주변에 4명, 기지 외곽에 수십 명이 있었고 500m 인접한 거리에 부대가 있었다. 핵연료 저장시설 주변에 6명이 있다. 동시에 건물밖에 보초를 제압해야 한다. 한치의 시차라도 생기면 보초의 움직임이 생기고 건물 안에서 경계태세를 갖추면 모든 게 끝이다."

최장길 대좌는 철망을 넘기 전 미리 배치된 보초병들 앞으로 각 조를 배치했다. 순간 다른 보초병이 와서 임무를 교대했다.

"교대병이 사라지면 즉각 공격한다."


"김 소좌, 좀만 고생하라고. 내일이면 중국 핵 기술자가 와서 핵탄두를 분해한다니까 오늘 밤만 고생해."

보초장인 김 소좌는 알았다면서 담배를 하나 꺼내 물며 불을 붙였다. 이미 초소는 중국군 특수부대원들이 작전을 마치고 돌아와 쉬고 있어 만원이었다. 개새끼들 우리를 무슨 자기네 머슴쯤으로 안다니까. 김 소좌가 혼자 씨부렁거리며 담배를 발로 비벼 끄는 순간, 최장길 대좌는 몸을 들어 올려 단검을 스플라인 그립 모양으로 집어 들었다. 김 소좌가 머리를 드는 순간 단검은 그의 심장을 관통하고 있었다. 건물밖을 순식간에 장악한 최장길 대좌는 로프를 건물옥상으로 던졌다.

"핵탄두는 지하 1층 저장시설에 있다. 이 문은 우라늄과 플루토늄의 입출고가 없는 한 열리지 않는다. 안에서 어떠한 일이 일어나도 안에서 열어주기 전까지는 저들은 건물 안으로 들어오지 못한다. 건물의 창문은 총 2개다. 5개 조 모두 투입. 전원사살 후 핵탄두를 가지고 동력 낙하산을 가지고 철조망 밖으로 이동한다."

"알겠습니다."

최 대좌 침투조를 선두로 레펠을 이용 창문을 깬 후 연막탄을 던지고 AK-47소총을 난사했다. 총소리를 듣고 막사의 중국군 특수부대원과 북한군 초소병이 다급히 핵시설을 향해 뛰어오고 있었다.

"신속히 찾아라. 1~3조는 1, 2층으로 나머지 4, 5조는 지하시설로 간다."

10여 분의 총격 끝에 내부를 장악한 최장길 대좌는 지하 제3호실 앞에 TNT 폭탄을 설치한 후 문을 부쉈다.

"핵탄두는 내가 직접 짊어지고 나간다. 지금부터 나가면 중국군 특수부대의 저격수가 언제 우리 머리통을 날릴지 모른다. 저격수는 창문 두 군데를 노리고 있을 것이다. 3, 4조는 창문을 통해 먼저 나가 저격수의 눈을 돌린다. 1, 5조는 정문을 뚫는다. 자, 간다. 시간이 없다."

레펠을 잡고 몸을 내밀자마자, 이 소좌의 머리에서 피가 흘러내리고 있었다. 미 해병대가 쓰고 있는 M40A3 저격소총이었다. 중국 최고의 저격수들에게 지급되어 사용되고 있는 총이다. 최대 유효사거리 915m로 아마 놈들은 1~200미터 부근에 있을 것이다. 머리에 난 상처로 보아 대략 3시 방향에 한 놈이 있는 것은 확실했다.

"시간이 없다. 죽는 것이 두려운가?"

나머지 한 조가 지원사격을 하는 동안 여러 개의 레펠을 통해 내려갔지만 땅에 발이 닿기 전에 여지없이 머리통에 총알이 박혔다. 총알이 날아오는 방향에 AK소총을 난사해 보았지만 아무런 소용이 없었다. 최소 3~4명의 스나이퍼가 숨어 있다. 이제 정문을 막고 있는 3개 조가 버틸 시간도 얼마 남지 않았다. 이대로 죽는 것이냐는 생각이 최장길 대좌의 머릿속을 스쳤다.

"대좌님, 더 이상은 안 되겠습니다. 밀고 올라옵니다."

"죽고 사는 건 하늘의 뜻이다. 무조건 내려간다."

몇 번의 저격 이후 저격이 멈추었다. 최장길 대좌는 30kg의 핵탄두를 들고 산으로 내달렸다. 뒤따라 쫓아오는 중국군이 연이어 쓰러졌다. 저격수다. 엎드려. 17저격 여단은 상대방의 방향을 알아내기 위해 우리 측 인민군에게 총을 먼저 쏘기까지 기다렸던 것이다. 아무 생각 없이 내달리는 최 대좌를 누군가 낚아챘다. 순간 최 대좌는 앞으로 한번 구른 후, 재빨리 권총을 꺼내 들었다.

"총 내리시오. 나는 17저격여단 여단장 김정민 대좌요. 지금 바로 철산 동창리 미사일 기지로 가시오. 여기는 우리가 맡을 것이오. 동창리 기지는 아직 우리 손에 있소."

"고맙소. 인민을 위하는 길이오. 그럼 행운을 빌겠소."

제7장

# 미국의 음모

## 유엔안전보장이사회

"다들 잘 알다시피 북한은 김정은 위원장 사망 이후 김성규 무력부장이 쿠데타를 일으켜 치안이 매우 불안하오. 더욱이 북한은 핵무기를 가졌소. 그들이 핵을 손에 넣기라도 하면 한반도는 물론 일본, 미국도 안전하지 못하오."

"그건 우리 민족이 알아서 할 일이오. 김정은 위원장이 죽었는데 무슨 근거로 김성규 무력부장이 쿠데타를 일으켰다는 거요. 그는 최고인민회의는 물론 국방위원회의 의결도 거치지 않고 마음대로 군대를 이동시키고 정치국 상임위원회의 소집에 응하지도 않았소. 그가 김정은을 암살했을 수도 있다는 증거요. 6·25 이후 60년 이상 분단된 우리 조국이오. 우리가 들어가서 치안유지를 한 후 과도정부를 수립하는 게 맞는 게 아니요?"

"무슨 소리요. 고조선, 고구려, 발해 이 모두 고대 중국 동북지방의 지방정권이오. 이걸 보시오. 우리가 10여 년간 연구해온 역사서요. 여기에 그 모든 자료가 다 있소."

중국의 역사 왜곡 실력은 실로 놀라웠다. 모든 것이 구슬을 꿰듯 하나같이 논리 정연했다. 반만년 아니 그 이상의 역사가 반 토막이 나는 순간이었다. 고구려는 중국영토 내에서 건국됐고 시종일관 중국 영역 내에서 존재하였으며 고구려 건국지는 한漢 군현에 속하고, 고대 중국 소수민족의 하나이며 중국에 조공을 바치던 속국이라는 것이 저들의 주장이었다. 하여 간도를 비롯한 만주 일대는 중국민족의 고유한 활동 영역이라는 것이다.

"말도 안 되는 소리요. 조선은 고려의 후속 국가이며 고려는 고구려를 계승한 국가로서 고구려의 영토 내에서 발전한 나라요. 한반도와 간도 지방 일대가 조선조 시기에도 우리의 영토임을 입증하는 자료를 가지고 있는 사람이 있소."

"그 사람을 불러도 되겠습니까?"

"좋을 대로 하시오."

"최영일 박사, 들어오시지요."

정은과 최영일 박사는 UN 직원의 안내를 받아 이사회사무실로 들어와 자신을 소개한 후 오래된 고지도 한 장을 OHP 위에 올리고 스크린을 가리켰다.

"저 지도를 봐주십시오."

영일이 좌중을 향해 말했다.

"저게 뭐요?"

리오자이 중국외교부장은 모르는 척 물었다.

"아니, 저게 어떻게 여기에…"

프랑스 외교 장관 쉐르빌이 놀란 표정으로 최영일을 쳐다보고 있었다.

"맞습니다. 이건 청나라 강희제 56년에 프랑스 선교사 레지스가 제작한 황여전람도입니다. 여기에 보면 조선조 때에도 간도 즉 지금의 만주지방이 모두 조선의 영토로 표시되어 있습니다. 동북공정은 우리나라의 고대사를 조직적으로 조작한 거짓 역사서에 불과합니다. 분명 이 지도는 청나라 역사서에도 기록되어 있습니다."

"하지만 그 지도는 행방불명되어 소재를 아는 사람이 아무도 없었습니다. 그 지도가 황여전람도라는 것을 어떻게 증명하겠소?"

"우리의 선조께서 오늘과 같은 이런 날이 올 줄 알고 프랑스 선교사로부터 이 지도를 건네받아 보관하고 계셨던 겁니다. 여러분, 중국의 침탈행위를 더이상 묵과하지 말아주십시오."

"쉐르빌 장관, 이 지도가 프랑스에서 사라진 그 지도가 맞습니까?"

"네. 맞는 거 같습니다."

리오자이 외교부장의 얼굴이 일그러졌다.

"하지만 저는 그것을 인정할 수가 없습니다. 설령 그것을 인정한다고 해도 지금 상황에서 북한의 현실을 우리 중국만큼 잘 아는 나라가 어디 있습니까? 지난번 6자회담에서의 북핵 문제 해결과 ICBM 미사일 해체도 우리 중국이 없었다면 가능했겠습니까? 우리 중국이야말로 지금 북한의 체제를 가장 빠르게 안정화시킬 수 있습니다."

"그럼 북한에서 병력을 철수시키지 못하겠다는 뜻이오?"

"그렇소. 이것은 역사가 아니라 지금의 현실이오. 지금 북한에서 우리가 병력을 철수시킨다면 김성규가 무슨 짓을 할지 모르는 일이오." 더욱이 우리 중국은 정전협정 당사국이오.

"그럼 우리 미국도 더이상 이 소요사태를 묵과할 수 없소."

"무슨 소리요?"

"그럼 우리와 전쟁이라도 하겠다는 뜻이오? 우리는 한국 최고의 우방 국가이자, 동맹국가요. 우리 중국은 남한에는 어떠한 피해도 주지 않을 것이오."

"하지만 이미 한국군이 참전했소."

"잘 생각하시오. 세계 대전이 일어날 수도 있는 일이오."

안전보장이사회는 5개 상임이사국 만장일치로 이루어지기 때문에 중국이 북한의 병력철수에 대한 거부권을 행사하면 UN에서는 이 문제를 해결할 수 없었다. 논쟁이 이어지자 제이슨 국무장관이 말했다.

"자, 그럼 오늘 회의는 여기서 그만 끝냅시다. 여기서 이렇게 논쟁을 해봤자 결론이 날 거 같지 않소."

제이슨은 회의실을 나가자마자 자국 대사 사무실로 들어가 오벌오피스로 전화를 걸었다.

"대통령님, 예상대로 한국이 중국의 동북공정을 반박하는 고지도 하나를 가지고 왔습니다. 이로써 미국의 참전명분은 흠 잡을 데가 없습니다."

"그래요? 거 다행이구먼. 안 그러면 우리의 소중한 생명을 무고히 희생시킬 뻔했잖소."

"북으로 위장한 우리 측 잠수함이 구축함을 향해 어뢰 한 방을 쏴서 격침하는 번거로움을 덜었습니다."

제이슨이 웃으며 화답했다.

"이제 조지 테닛 국장의 어깨에 모든 게 달렸구먼."

"걱정하지 마십시오. 매사에 철저한 자입니다."


"어떻게, 어떻게 이럴 수가 있죠. 우리가 목숨을 걸고 구해온 이 지도를 저들은 눈 하나 깜짝하지 않고 무시하고 있어요. 엄연한 역사적 사실을 저들은 무시하고 있다고요."

정은이 울부짖자 고명환 외교부 차관이 옆으로 다가가 말했다.

"예상대로요. 모든 역사는 강대국에 의해 다시 쓰이는 것이요. 하지만 중국도 이제 마음대로 하지는 못할 거요. UN에서 의결을 받지 못했으니, 미국도 참전할 명분을 얻은 거고요. 미국의 참전 가능성이 있는 한, 저들 마음대로 한반도를 어쩌지는 못할 테니 너무 실망하지 말아요."

"큰일을 하신 겁니다."

"이 지도가 없었다면 아마 저들은 우리 남한까지 바로 밀고 내려왔을 거요. 우리나라의 운명이 여전히 미국의 손에 달려 있다니 참 한심하군요."

"하지만 이것은 엄연한 현실이요."

그들은 뉴욕의 마천루를 올려다보며 다시 한 번 미국의 힘을 실감했다.


## 중국


"리컹취 주석님."

"어, 그래. 리자오이 부장 어떻게 됐소? 이사회의 의결을 받아냈소?"

"저, 그것이…. 남한 측에서 고지도 하나를 가지고 와서는 그만 일을…."

"뭐요? 어떻게 그 지도가 그놈들 손에 있단 말이오. 알았소."


"지금 즉시 량광리예 총참모장을 부르고 중앙군사위원회를 소집하시오. 벽동, 초산에 주둔한 병력을 평양으로 이동시키시오. 시간이 없소. 미국이 참전명분을 얻었으니. 병력을 움직일 거요. 그 전에 평양을 접수해야 하오."

"알겠습니다."


"류쉬장 중장님, 진격명령서입니다."

"좋다. 전군 평양을 향해 진군한다. 제16, 39, 40집단군은 박천, 안주, 평원을 거쳐 평양으로 진격하고 64집단군은 희천, 영원, 맹산을 거쳐서, 23집단군과 북한군 8군단은 개성과 평강으로 각각 이동해 남한군의 진격에 대비한다. 이번 작전명은 번개다. 48시간 안에 평양을 접수한 후 최소한의 병력만 남기고 휴전선 부근으로 집결해야 한다."


"제7함대 사령관님, 키팅 태평양사령관님으로부터 전화입니다."

"네, 사령관님. 조지워싱턴 항모의 작전 수행은 중국군과 한국군이 비슷한 전력으로 최대한 오랜 시간동안 유지하도록 하는 것이오."

"네? 그게 무슨 말씀이신지?"

"잘 들으시오. 우리가 중국과 전면전을 해서 좋을 게 없소. 어차피 현실적으로 핵이 불가능한 상황에서 재래식 무기를 가지고 중국과 전면전을 펼친다면 득보다는 실이 많소. 중국의 전력은 한국군이 소진하고 때가 되면 우리가 작전을 실행할 거요. 작전명은 카오스요. 중국군도 우리가 먼저 공격하지 않는 이상 우리를 먼저 쏘지는 않을 거요. 명심하시오. 조지워싱턴 항모의 목적은 중국의 전력분산이오."

"알겠습니다. 놈들이 드디어 밀고 내려온다는 정찰병의 보고입니다."

"김성일 군단장, 드디어 때가 온 거 같소. 지금 23집단군과 우리 8군단을 제외한 전 병력이 평양을 향해 들어오고 있습니다."

"경방사령관은 동창리 미사일기지에 무사히 도착했겠지?"

"현재 경방사부대가 동창리 미사일기지를 접수했다는 보고입니다."

"그래? 그럼 경보여단 최 대좌가 성공만 한다면 승산이 있소."

"무슨 소리요?"

김성일 군단장이 물었다.

"우리는 최대한 중국군의 기갑사단 등 화력 부대를 평양 시내로 유인해야 하오. 어차피 우리의 전차는 연료가 없어 현재 무용지물이오. 우리 정규군단이 올라가서 막아봤자 고작 몇 시간일 거요. 전부 몰살하겠지요."

"그럼 차리리 훗날을 위해 밑으로 철군시키시지요."

"그나마 병력이 막아주질 못하며 수 시간 내로 평양으로 밀고 들어올 거요. 그럼 이번 작전은 끝이오. 저들이 시간을 벌어줘야 하오. EMP 핵 미사일을 쏠 수 있게 저들이 시간을 벌어야 한단 말이오. 어차피 저들에게도 시간이 없소. 단 시간 내 평양을 접수하지 못해서 미국, 러시아 등 강대국이 조금씩 간섭하게 되면 중국도 쉽지 않은 싸움이 될 것이기 때문에 저들은 지금 베이징군구의 기갑사단과 선양군구의 전 병력을 평양으로 보냈을 것이오."

"그럼 핵탄두에 장착하여 사용하는 기술개발에 성공한 거요?"

"그렇소."

"다행이오."

"미국과 일본보다도 앞선 기술이오. 상공 40~60㎞ 사이에 미사일이 터지도록 하면 핵으로 인한 인명피해는 최소화하고 북한 전역의 적의 장갑차 등 전자장비를 일시에 무력화시킬 수 있는 신기술이오."

"그럼 굳이 적을 유인할 필요가 없질 않소?"

"하지만 지금 최장길 대좌가 가져오는 핵탄두는 그 양이 절대적으로 적소. 또한 장거리용 핵탄두요. 만약 더 높은 곳에서 터지거나, 혹은 양이 모자를 경우 적의 전차는 일시적인 통신장애와 기기 오작동만 일으킬 뿐 전자장비가 파괴되지는 않을 수도 있소. 그래서 전략적으로 그들을 한 장소로 끌어들일 필요가 있소. 단 한 번의 기회란 말이요."

"어떻게 이런 계획을 다 생각하셨소? 김호영은 이미 이것까지 생각해 놨단 말인가."

"내가 아니고 박칠석 대좌의 계획이요. 그는 김일성종합대학을 수석으로 졸업한 수재 중에 수재지요. 부모님이 반역으로 몰려 죽으면서 간신히 목숨을 부지하게 되었죠. 그는 이번 전쟁의 양상을 한 번에 꿰뚫어 보고 있었소. 그리고 미사일을 발사하기까지는 연료주입 등 최소 하루 정도의 시간이 걸리오. 우리가 최대한 하루는 버텨줘야 하오. 그래야 다음 작전을 기약할 수 있소."

"좋소. 최선을 다해봅시다."

중국군은 전차와 장갑차를 앞세워 파죽지세로 평양을 향해 치닫고 있었다. 물론 북한의 정규군은 6·25 참전 등 훈련이 잘되어 있었지만 막강한 화력 앞에서는 그야말로 무용지물이었다. 선양군구의 집단군이 평양까지 도착하는 데에는 채 하루가 걸리지 않았다.

"부장동지, 놈들이 지금 묘향산맥을 넘어 순천 앞까지 와 있다고 합니다."

"뭐야, 묘향산맥을 이렇게 쉽게 넘다니. 1, 2, 4, 5군단은 어떻게 됐소?"

"그게 부장동지 대부분 이동 중 제때 보급을 받지 못해 제대로 싸워보지도 못하고 전멸했다는 보고입니다. 굶주림에 지친 병사들이 대오를 이탈하는 수가 부지기수고 중국군에 회유된 자 또한 많다고 합니다."

하긴 벌써 보급이 중단된 지 3일이나 지났어. 배고픈 인민에게 충성을 기대한 게 잘못이었다.

"알았소. 박정철 소장 지금 즉시 전군을 대동강 위쪽으로 올리시오."

"김성규 부장동지, 평양에 진지를 구축하고 기다리는 게 낫지 않겠소."

김성일 군단장이 걱정스러운 듯 말했다.

"아니오, 여기는 내가 잘 아오. 저들의 수가 최소 35만에서 40만 군이요. 그리고 전차 또한 수천 대에 이를 것이오. 저들과 평양 시내에서 맞붙는다면 평양 인민은 모두 죽을 것이오. 게다가 수적으로 열세인 우리는 최대한 산악지형을 이용해야 하오. 저들을 언진산맥에서 막을 것이오."

"좋소. 우리 흑표는 산악지형에 더욱 유리하오. 중국군 전차보다 성능이 우수하니 저들을 막을 수 있을 거요."

"일단 우리 평방사 기갑부대가 저들을 막는척하면서 유인하겠소. 자주포와 야포를 산속에 최대한 위장시켜 주시오. 그리고 흑표는 수중이동도 가능한 거로 알고 있소. 맞소?"

"그렇소."

"그러면 흑표는 대동강 속에 숨겨 놓았다가 저들이 도하를 시작할 때 총공격을 해주시오."

"알겠소. 흑표는 적의 레이다를 교란시킬 수 있을 뿐만 아니라 수중에서는 레이다에 잘 포착되지 않으니 가능할 거요."

"그럼 건투를 비오."

박정철 소장과 김성규 부장은 평방사 병력을 이끌고 대동강 위쪽의 언진산맥으로 향했다. 중국군의 전차는 평지에서는 북한군의 전차보다 기동력에서 앞섰으나 산악 지형에서는 큰 위력을 발휘하지 못했다.

김성규 부장이 이끄는 전차부대가 레이더에 모습을 드러내자 중국군은 무서운 기세로 달려들었다. 이때다 싶어 전차를 산 뒤로 물렀다. 평방사 기갑부대가 뒤로 물러나고 적의 전차가 자주포 및 야포의 사정거리에 들어오자 산속에 있는 자주포와 야포에서 일제히 불을 뿜었다.

적의 전차 몇 대가 나뒹굴었지만 워낙 수가 많은 데다 저들의 반격 또한 만만치가 않았다. 평방사 병력이 점점 줄고 있을 무렵 박정철 소장이 말했다.

"부장동지, 이대로는 안 되겠습니다. 워낙 수가 많아서 우리 병력으로는 안 됩니다. 그리고 이미 일부병력은 언진산맥을 돌아서 평양으로 진격하고 있다는 첩보입니다."

방어선을 대동강 이남으로 물린다. 혹표가 잘해주어야 할 텐데. 김성규 부장은 인민의 피가 헛되지 않도록 이번 전쟁을 반드시 승리로 이끌어야 된다는 생각에 입술을 지긋이 깨물었다.

## 최장길 대좌

"누구냐?"

동창리 미사일기지를 지키던 경방사 보초병이 누군가를 발견하고는 총부리를 겨누었다.

"나는 경보여단의 최장길 대좌다. 경방사령관 동지를 지금 만나야 한다."

"사령관 동지, 지금 3초소에 최장길 대좌란 자가 왔습니다."

"뭐야? 지금 즉시 들여보내시오. 아니다. 내가 지금 그리로 갈 것이오."

"최장길 대좌. 큰일을 해냈소. 그래, 뒤쫓는 자는 없었소?"

"오다가 중국군 특수부대원들을 만났습니다. 다행히 내가 먼저 발견해서 처치했습니다만 언제 놈들이 들이닥칠지 모릅니다."

"지금 놈들은 3인 1조로 북한 전역을 감시하고 있소. 우리의 모든 이동을 감시하고 있다는 말이오."

"알고 있습니다."

"물건은, 물건은 어디 있소?"

"여기 있습니다."

"최 대좌가 매고 있는 등산 가방, 이것이오?"

"그렇습니다."

"지금 즉시 플루토늄 핵탄두를 EMP에 장착한 후 연료주입을 시작해야 하오. 연료 주입하는데 만 2시간 이상이 걸리오. 어서 서두릅시다. 여기서는 연료만 주입할 거요. 이 핵탄두를 미사일 발사대에 세우고 발사하는 데에는 12시간 이상이 걸릴 것이오. 그럼 아마 발사도 하기 전에 중국군의 공군전투기에 의해 미사일 기지는 산산조각이 날 것이오. 연료주입을 마치면, 그 즉시 여기를 뜰 것이오."

"사령관 동지 연료주입을 마쳤습니다."

"지금 즉시 여기를 떠나야 하오. 언제 놈들의 폭격이 있을지 모르오. 여기는 미끼에 불과하오. 저들은 미사일 기지를 폭격하면 핵폭탄을 쏠 수 없다는 생각에 안심하고 진격할 것이오. 동창리와 무수단리 모두 유인책에 불과하오. 그래서 우리는 그동안 단거리 미사일 KN-02 지대지미사일을 개발해왔소. 여기에 핵탄두를 장착해서 EMP탄으로도 쏠 수 있을 정도로 기술을 발전시켜왔소."

"그럼 미사일기지는 어디에 있습니까?"

"이 지대지미사일은 미사일 발사대가 필요 없소. 전용차량에 탑재시킨 후 발사하면 되오. 더욱이 발사체에 고체연료를 미리 장착했기 때문에 사전발사 징후를 포착하기도 힘들 것이오. 다만 지대지미사일 특성상 사거리가 150㎞ 밖에 되지 않기 때문에 평양 쪽으로 좀 더 이동해야 하오. 거기에 지대지미사일차량이 있소. 도착하면 묘향산에 올라가 평양에 연락할 거요. 그래야 우리 측의 피해를 줄일 수 있소."

"하지만 평양의 모든 통신시설이 파괴됐을 겁니다."

"어차피 통신시설은 도청위험이 있어 쓸 수 없소. 이럴 땐 고전적인 방법이 최고요. 묘향산에 올라가 봉수대에 불을 붙일 것이오. 그럼 평양에서는 1시간 이내에 모든 병력을 철수시킬 것이고, 그때 우리는 EMP 핵 미사일을 평양에 날릴 것이오."

"빨리 여기를 뜹시다. 여기로 중국군이 몰려올 것이오."

"군단장님. 김성규 부장 병력이 오고 있습니다."

"좋다. 신호를 보내면 일제히 도하하는 중국군을 없앤다."

"알겠습니다."

김성규 부장은 미리 준비해준 도하 장비를 이용해 신속히 대동강을 건넜다. 몇십 분 뒤 중국군 전차와 병력이 평양으로 진격하기 위해 도하를 준비하고 있었다.

"류쉬장 중장님, 너무 조용한 게 아무래도 불길합니다."

"무서우니 벌써 줄행랑을 친 게지."

"근데 한국군이 보이질 않습니다. 안전보장이사회 안건이 부결됐으니 남한으로 넘어간 거 아니겠는가? 원래 남조선놈들이 예부터 겁이 많은 민족 아닌가."

"그래도 너무 조용한 게…"

"리자오이 대교 무슨 생각이 그리 많은가? 군인이 전쟁터에서 생각이 많으면 때를 놓친다. 빨리 도하를 서둘러라."

"알겠습니다."


오늘 밤 묘향산 봉수대에서 봉화가 올라야 할 텐데. 평양 시내로 이동하면서 김성규 부장은 과연 스톰 작전이 성공할 수 있을지에 대한 생각밖에는 없었다. 중국군이 대동강을 절반쯤 건너자, 김성일 군단장은 대동강 속에 침투해 있는 흑표에게 지시를 내렸다. 전군 부양. 물속에 가라앉았던 흑표는 공기부양을 이용해 순식간에 물 위로 떠올라, 중국군의 도하교를 향해 무자비한 포탄을 날렸다. 갑작스런 공격에 놀란 중국군은 전열을 가다듬지 못하고 있었다.

"뭐야, 저놈들이 어디서 나타난 거야."

"리오자이 대교, 지금 즉시 군대를 강 밖으로 물리시오."

"중장님. 이미 늦었습니다."

중국군은 대동강을 넘기 위해 제방에서 차례로 대기하고 있었기 때문에 뒤로 이동하는 게 쉽지 않았다. 시간이 좀 지나자 전열을 정비한 2선의 중국군 전차가 흑표를 향해 포문을 열기 시작했다. 흑표가 아무리 우수한 전차이지만 수적 열세를 극복하기에는 적들의 숫자가 너무 많았다. 전군 뒤로 후퇴. 뒤로 후퇴한다. 흑표는 빠르게 대동강을 건너 평양으로 후퇴를 시작했다.

"그래, 묘향산에서는 연락이 왔소?"

"아직이오. 이제 해가 지고 있소. 어두워지면 저들이 공격을 시작해올 거요. 이미 저들은 대동강 제방을 점령하고 있소."

"반드시 해낼 것이오. 우리 인민해방군 최정예부대 경보여단의 최장 길 대좌요. 봉수대에 불이 올라온 후 1시간 이내에 평양에서 최대한 벗어나야 하오. 그리고 저들을 붙잡아둘 병력이 필요하오."

"부장동지, 제게 맡겨주십시오."

박정철 소장이었다. 우리 인민을 위해 제 한 목숨 버리겠습니다. 그동안 저놈들이 우리 인민에게 한 짓을 생각하면 피가 거꾸로 솟아 미칠 지경입니다."

"그래, 박 소장 자네는 무슨 일이 있어도 한 시간 동안 저들을 평양 시내에 묶어 둬야 하네. 그리고 최대한 많은 전차를 평양 시내로 끌어들여야 하네."

"할 수 있겠는가?"

"걱정하지 마십시오."

둘의 대화가 끝나자마자, 정찰병이 황급히 들어왔다.

"부장동지, 저길 보시지요. 봉수대에 불이 오르고 있습니다!"

"자, 우리는 이제 평양에서 최대한 빠져나가야 하오."

EMP전자기 핵폭탄은 핵에 의한 인명 피해는 최소화하고, 전차 등 전자장비를 일시에 무력화시키는 기술이다. 핵폭탄을 쓸 경우, 대한민국은 국제사회의 도전을 받게 될 것이고, 중국에게 핵무기 사용의 명분을 주게 될 것이다. 그래서 호영은 그동안 EMP전자기 핵폭탄에 사활을 걸어왔던 것이다.

# 미국

"대통령님. 토마슨 국방부 장관입니다. 지금 입수된 첩보에 의하면 이미 중국군이 평양을 접수했다고 합니다. 위성분석 결과와 정찰병에 따르면 지금 평양에 있는 한국군도 철수를 시작했다고 합니다."

"그럼 결국 서울도 전쟁의 소용돌이에 휘말리겠군. 이로써 제2의 6.25가 일어나는 것인가."

빌은 아름다운 한국에서 전쟁이 다시 일어나는 게 안타까웠지만, 미국의 팍스아메리카나를 위해서는 어쩔 수 없는 선택이라고 자위했다.

"지금 즉시 용산 미8군과 동두천 72기갑 연대 등 주한미군을 경기 남부로 이동시키세요."

"알겠습니다."

"그래야 저들이 마음 놓고 휴전선을 넘지요. 최대한 비싸게 무기를 공급하고 저들의 전력이 고갈되면 우리는 유리한 협상 조건을 내건 후 참전하면 됩니다. 그때는 이미 중국군도 도처에서 일어나는 분쟁을 막기 위해 정신이 없을 거요."

"그럼 우리는 통일 후 북한지역 내 과도정부를 수립하고 한 30년만 미국이 통치하는 걸로 하면 어떻겠소."

빌 대통령과 토마슨 국방장관은 전후 한반도 통치에 관하여 이야기를 나누고 있었다.


"조지 테닛을 불러서 카오스 작전을 개시하라고 하세요."

"네, 대통령님."

"조지 국장. 토마슨이오. 지금부터 카오스 작전을 실행하라는 대통령님의 명령이오. 하지만 너무 이른 게 아닌지 걱정이오."

"아니오. 저 둘의 전력은 비슷하오. 비슷한 전력에서는 전쟁이 며칠 가지 못하오. 지금 작전을 개시해야 저들의 전투가 마무리될 때쯤 분쟁과 혼란이 최고조에 이를 거요."

미국과 중국은 겉으로는 차이메리카라는 말처럼 서로 경제적 협력자의 이름으로 엮어 있었지만 기회만 있으면 서로를 무너트리려고 혈안이 되어 있었다. 하늘에 태양이 둘일 수 없듯이 세계의 대통령이 둘일 수는 없었다.

"알겠습니다. 지금 즉시 작전을 개시하겠습니다."


## 작전명 카오스

일본 오키나와, 제7함대 사령부 TF79 해병원정여단에서 밀담이 이어졌다.

"조지 테닛 국장님. 오랜만입니다."

"와타베 관방장관도 잘 계셨습니까? 제가 무슨 일로 왔는지는 장관님께서 잘 알고 계시겠지요."

"벌써 때가 온 겁니까?"

"네. 지금부터 서둘러 주십시오. 저희 해상자위대는 명령만 떨어지면 언제든 출동준비가 되어 있습니다. 장관님도 잘 아시겠지만 센카쿠, 즉 조어도 일대의 전략적 중요성은 이루 말할 수가 없습니다. 더욱이 이 지역은 석유 및 천연가스 등 부존자원이 풍부할 뿐만 아니라, 좌우 동북아 주요 국가를 수백 ㎞에 두고 주요 해상교통로로 이용되는 해양 전략적 요충지입니다. 일본이 이 지역을 아무런 저지 없이 차지한다면 막대한 이익을 얻는 것입니다."

"걱정하지 마시오. 해상자위대는 세계 최강이오. 다만 그 실력을 발휘할 기회가 없었을 뿐이지."

와타베 관방장관은 자위대를 그동안 세계 최강의 군대로 발전시키고자 평화헌법을 바꾸기 위해 부단히 노력했으나 번번이 미국의 반대로 무산되었다. 미국은 이번 작전의 대가로 평화헌법의 개정을 통해 자위대가 아닌 군대의 창설을 공식 허용하겠다고 약속했다. 와타베 장관은 이번에야말로 해상자위대의 실력을 보여줄 절호의 기회라고 생각했는지 입가에 연신 웃음을 띠었다.


## 다음 날 아침,
## 인도 자카르타


"니자무띤 국방 장관님."

"아, 조지 테닛 국장님. 여기까지 직접 오신 것은 국경 분쟁 문제 때문이겠죠. 국장님 만에 하나, 잘못되면 미국이 중재에 나서주어야 합니다."

"그 점은 걱정하지 마십시오. 이번에야말로 중국에 복수할 절호의 기회 아닙니까?"

"벌써 50년이나 지났군요. 저는 가족을 모두 잃었습니다. 짧은 시간에 우리 측 피해가 너무나도 컸지요. 우리는 3천 명 이상이 사망하고, 4천 명 이상이 포로로 잡혀갔습니다."

그 이후 인도는 별다른 반격을 하지 못하고 어느 정도 국경에서 평화를 찾아가고 있었다. 하지만 니자무띤 국방부 장관은 언젠가 반드시 복수하려고 다짐하고 있었고 이번이 절호의 기회라고 생각하고 있었다.

"이번에 중국은 손을 쓸 수 없을 겁니다. 이번에 국경문제를 확실히 마무리 지으시면 될 겁니다."

그리고 가족의 복수도. 조지 국장은 니자무띤의 아킬레스건을 잘 알고 있었다. 총명하고 냉정한 니자무띤이었지만 1962년 10월 국경 분쟁에 참전한 아버지의 죽음과 중국 측의 포격으로 여동생과 어머니마저 목숨을 잃었다. 그래서 니자무띤은 중국을 원수의 국가로 생각하고 있었다.

"그럼 저는 장관님만 믿고 가겠습니다."


## 러시아 모스크바, 크렘린궁

"이렇게 대통령님께서 직접 영접해주시니 감사할 따름입니다. 이번에 고르바초프 대통령 이후 줄곧 양보된 중국과의 국경을 찾아오셔야지요."

"일본과 인도도 확실히 동참하는 거요?"

"걱정하지 마십시오. 동시다발적 공격과 한반도에서 전쟁을 중국은 감당하지 못할 겁니다. 분명히 유리한 협상을 이끌어내실 수 있을 겁니다."

"나는 조지 국장만 믿겠소. CIA의 정보력이 얼마나 뛰어난지 한번 봅시다."

"믿으십시오. 대통령님."

"네. 그럼 조지 국장만 믿고 군대를 출병하겠소."

"그럼 저는 대통령님만 믿고 일을 진행시키겠습니다."

"토마슨 국방부 장관님, 카오스 1단계 작전이 곧 진행될 겁니다. 2단계 작전도 바로 진행시킬까요?"

"한 번에 진행시켜야 하오. 중국은 전면전이 아니라면 3~4권역에서 전쟁 수행 능력이 있소. 만약 한반도에서 한국군이 예상외로 쉽게 물러선다면 상황은 더욱 악화될 것이오. 중국이 견딜 만하다고 느끼면 안 되오. 동시다발적으로 일을 진행해 중국을 최대한 혼란에 빠트려야 하오. 그러다 한국이 간도를 차지하기라도 하면…"

조지 테닛 국장이 말끝을 흐리자 토마슨 국방부 장관은 웃으면서 말했다.

"걱정하지 마시오. 이번 전쟁에서 한국도 많은 피해를 입을 것이오. 북한을 중국에 빼앗기지 않은 걸 다행으로 알고 더이상 확전하지는 못할거요. 그리고 대비책이 있소. 간도를 수복하는 것은 한국 대통령의 생각이 아니오. 너무 걱정하지 마시오. 다급한 한국은 휴전선을 지키기 위해 비싼 대가를 치르고라도 우리에게 무기를 사갈 거요. 또한 우리 미군의 도움 없이는 휴전선을 단 한발도 넘어가지 못할 거란 말이오. 이로써 우리 미국은 한반도 재건에 필요한 자금을 제공하고 한반도를 영원한 미국의 채무 국가로 전락시키는 것이오. 우리는 한반도의 재건과정에서 막대한 이익을 취할 수 있을 것이오. 그리고 북한지역에 싸드를 배치하면 그야말로 중국과 러시아의 턱밑에서 미사일을 겨누고 중국과 러시아를 압박할 수 있소. 이게 카오스 작전의 목적이오. 차질 없이 진행시키고, 지금 즉시 각 자치구의 민족지도자를 만나서 일을 추진하시오."

"알겠습니다. 장관님."

## 중국 정부

리컹취 주석은 자신의 집무실에서 안절부절하며 전화기 앞을 계속 서성이고 있었다. 따르릉, 따르릉. 기다리던 전화벨소리가 드디어 울렸다.

"각하, 류쉬앙 중장이 이끄는 선양군구 집단군이 대동강을 건너 평양으로 진격하고 있다는 보고입니다."

그래, 리컹취 주석의 얼굴에 화색이 돌았다.

"근데 주석 각하, 인도, 러시아, 일본이 국경분쟁지역으로 군대를 이동시키고 있다는 첩보입니다."

"그들이 이 틈을 이용해 그동안 분쟁지역으로 있던 전략적 요충지를 선점하겠다는 거군. 지금 즉시 량광리에 총참모장과 랴오시롱 총후근 부장에게 연락해서 각 군구사령관 회의를 소집하시오."

"이렇게 대군구와 공군, 해군 사령원 그리고 각 군구사령관을 모두 부르는 것은 지금 중국은 크나큰 위기에 처해 있기 때문이오. 지금 러시아, 인도, 일본이 국경 분쟁 지역으로 군대를 이동 시키는 것이 우리 위성에 포착됐소. 우리 중국군은 이러한 때를 대비해 3~4개의 전투지역에서의 동시다발적 승리를 목표로 멀티전투능력 향상을 위해 훈련을 해왔소. 각자 관할 지역의 적들을 확실히 물리치시기 바라오."

"알겠습니다. 주석 각하."

"지금 즉시 광주군구와 남경군구는 일본함대를, 성도군구, 난주군구는 인도를, 제남군구는 러시아를 막도록 하시오."

"주석 동지 베이징군구는 국내 치안을 유지하기 위해 남겨둬야 합니다."

"알겠소. 어차피 베이징군구 대부분의 전력은 지금 대동강 전선에 나가 있어 출병한다고 해도 화력면에서 큰 도움이 되지 못할 것이오. 해군 사령원은 남해함대로 하여금 일본을 막도록 하시오."

총참모부장은 각 예하 사령관에게 작전을 지시하고 즉시 군구사령 부로 향했다.


"조지 국장님 지금 중국의 각 군구산하 집단군이 이동하고 있다는 정보입니다."

"알았네. 계속해서 중국군의 움직임을 예의주시하고 신속히 보고하 도록."

조지 국장은 중국 현지에 파견되어 있는 요원의 수시보고를 받으며 신속히 행동하고 있었다. 조지 국장은 각 담당 차장을 불러 모았다.

"지금 즉시 티벳 자치구를 비롯한 5개 자치구 지도자를 찾아가서 이 제 독립할 때가 왔다고 전하시오. 물자는 충분히 공급하겠다고, 우리 미국은 세계의 민주주의와 소수 민족의 독립을 위해서는 지원을 아끼 지 않겠다고 말이오."

"알겠습니다. 국장님."

CIA는 이번 작전을 아주 극비에 부치고 있었다. 티벳족, 위구르족, 몽 고족, 회족, 장족의 지도자들을 각각 만나서 독립만을 약속했을 뿐 카 오스 작전에 대해서는 어떠한 얘기도 하지 않았다.


"리컹취 주석 각하. 위구르 지역에서 또 폭동이 발생했다는 보고입 니다."

"뭐야? 지금 즉시 경찰을 투입해서 진압하라고 하시오."

"근데, 그게 지금 위구르 자치구 주석에게 보고를 받았는데 시위대가 돌을 들고나온 게 아니라 기관총 등으로 중무장했다고 합니다. 경찰만으로는 진압이 쉽지 않다는 보고입니다."

"뭐야, 지원세력은?"

"지금으로선 이슬람국가로 추정되지만 아직 확실한 정보는 없습니다. 그리고 4개 자치구 전역에서 폭동이 일어나고 있답니다. 지금 즉시 군대를 투입해야 할 상황입니다. 이미 경찰이 진압할 상황이 아니라고 합니다."

"지금 각 군구에 남은 병력이 얼마나 되는가?"

"예비병력으로 각 집단군이 하나씩 대기하고 있습니다만 상황에 따라 분쟁지역으로 즉시 파견해야 할 병력입니다. 생각보다 일본, 인도, 러시아가 많은 군대를 파견했다고 합니다."

"이렇게 동시다발적으로 우리를 공격하는 데에는 분명 배후세력이 있을 것이오. 배후세력을 찾아야 하오."

리 주석은 미국의 음모에 말려들었다는 생각을 떨칠 수가 없었다.

제8장
# 민족주의 운동

## 분쟁지역과 위구르 자치구

우루무치 인민광장

"자, 여러분. 이제 우리는 더이상 중국의 속국이 아닙니다. 이제 투르크 정신을 부활할 때가 왔습니다. 우리 형제의 나라 우즈베키스탄, 카자흐스탄, 투르크메니스탄은 어느 나라의 지배도 받지 않습니다. 자, 형제여 분연히 들고 일어나야 합니다."

흥분한 군중은 허공에다 마구 총질을 해대고 있었다.

"왕러취안 서기님. 지금 즉시 피해야 합니다. 폭도들이 이곳 공안국으로 몰려오고 있습니다."

"우리 공안은 다 어디 있단 말이오. 이대로 도망갈 순 없소. 곧 베이징에서 추가 병력이 올 거요."

박격포와 중기관총 등으로 무장한 위구르 시위대는 거칠 것이 없었다. 위구르 시위대 지도자 마루크는 공안국 건물로 들어갔다.

"왕러취안, 이제 그만 죽어줘야겠소."

"너희들이 무사할 거 같은가? 곧 베이징에서 군병력이 투입될 것이다."

"우리는 우리 고유의 문화, 언어, 역사를 가진 독립 국가다. 우리는 중국의 서기동수 프로젝트 (서쪽의 천연자원을 동쪽으로 이동시키는 국책사업)의 희생양이 될 수는 없다. 우리는 테러가 아니라 위대한 독립군이다. 자, 죽어라."

이때 요란한 굉음을 내며 날아온 포탄이 공안건물 한쪽을 덮쳤다.

"마루크, 군 병력입니다. 조금만 버텨라. 이제 곧 인도와 파키스탄이 중국을 공격할 것이다."


한편 일본의 해상자위대는 3척의 이지스함과 30여 척의 호위함과 전략잠수함 8대를 중국본토와 350㎞ 떨어진 센가쿠 열도로 이동시키고 있었다.

"리지나이 남해함대사령관, 연결하시오."

"나 량광리예 총참모장이오. 지금 즉시 남해함대를 센가쿠 열도로 이동시키시오. 해상자위대가 센가쿠 열도로 이동 중이오."

"알겠습니다. 참모장님."

"2개 잠수함 전대와 1개 상륙전대 등 남해함대 전 병력 출동한다. 지금 해상자위대가 센가쿠 열도로 이동 중이다."

이지스함은 200여 개의 공격목표를 추적하고 24개의 목표를 동시에 공격하는 최고의 공격함이었다.

"나카무라 일등육좌."

"네. 스즈키 육장님."

"아마도 저들은 수적 열세 때문에 먼저 공격하지는 못할 것이다. 북해함대와 동해함대는 미국과 한국의 해군 때문에 이동하지 못했을 것이다. 남해함대만의 해군력으로는 우리를 막지 못한다는 것을 저들도 알고 있을 것이다. 우리는 최소한의 피해로 저들을 일망타진한다. 제2차 세계대전 당시 미국은 동굴에 숨어 있는 우리 일본군을 소탕하기 위해 박쥐를 이용했다. 박쥐에 소이탄를 부착하여 우리 일본군을 잔혹하게 살해했지."

"네. 육장님. 저도 군사교본에서 읽은 적이 있습니다."

"이제 우리가 그것을 실험할 때가 왔다."

"그럼 이번 전투에 그것을 이용하실 생각이십니까?"

"아마 미국도 우리의 이런 신무기를 어느 정도는 알고 있을 것이다. 이제 더이상 숨길 필요가 없다. 자, 레이더 유효거리에 들어가면 일제히 풀어야 한다. 적의 위상배열 레이더는 150㎞이다. 저들이 우리 전투기와 갈매기를 구분하지 못하도록 해야 한다. 그리고 지금 본토의 공군기는 이쪽으로 날아오고 있겠지?"

"네. 육장님. 지금 즉시 준비하겠습니다."

"리자나이 사령관님. 레이다에 일본군 함대가 들어오기 시작했습니다."

"어떻게 할까요?"

"일단 예의주시하게. 우리의 남해함대는 해상자위대를 이길 수 없는 전력이네."

"하지만 저들이 먼저 공격을 해온다면 큰일이 아닙니까?"

"저들도 쉽사리 우리를 공격하지는 못 할거네."


"스즈키 육장님. 사거리 50㎞입니다."

"우리의 공군기는 어디까지 왔는가?"

"이제 300㎞ 전방입니다."

"지금 날리게."

"알겠습니다."

3척의 이지스함 갑판 하부에서 갈매기 수천 마리가 날아오르기 시작했다.

"자, 방향을 중국 남해 함대로 이동시키게."


"리자나이 사령관님. 레이더를 좀 보십시오."

"이게 뭔가. 갑자기 이렇게 많은 게 어디서 나타난 거야."

"이지스함 내부에서 갑자기 수천 개의 물체가 나타나 우리 쪽으로 이동하고 있습니다."

"전투기인가, 아님 미사일인가, 도대체 무엇이란 말인가."


"스즈키 육장님 저들의 잠수함은 어떻게 할까요?"

"우리 잠수함으로 도련(섬과 섬을 연결한 쇠사슬)을 치게. 도련을 쳐서 저들이 우리 본토 쪽으로 향하지 못하도록 하게."

"자, 전군에 방어태세를 갖추도록 지시하게."

"네. 리자나이 사령관님."

"지금 즉시 대공유도탄과 근접방어체계를 가동한다."


"사령관님. 갈매기입니다."

망원렌즈를 들여다보는 왕징 참모가 이상하다는 듯 리자나이 사령관을 쳐다보고 있었다.

"어, 어, 갈매기가 우리 함대를 향해 돌진하고 있습니다."

"근접방어체계를 즉시 가동해라. 자살폭탄 갈매기다."

근접방어 무기는 보통 레이더와 연동된 기관포를 자동적으로 빠른 속도로 발사하는 방식으로 적 미사일을 격파하는 게 특징이나, 작고 많은 갈매기를 격파하는 데에는 한계가 있었다.

"나카무라 일등육좌, 지금 즉시 대함미사일을 발사시키게."

"네. 육장님."

이지스함의 갑판 상부에서 연이어 대함미사일이 발사되고 있었다.

"저들은 우리의 대함미사일을 막지 못할 것이오. 이로써 게임은 끝난 것이오."

"사령관님 적의 미사일과 전투기대대입니다."

"아, 대중국함대가 이렇게 허무하게 끝나다니."

## 한편 평양

"하지만 박 소장만의 병력으로 어찌 저들을 상대로 1시간 동안 평양에 묶어둘 수가 있겠소. 저들은 파죽지세로 우리를 쫓을 것이오."

"그럼 어찌하겠소. 우리 전 병력이 남아서 저들을 막아야 하오. 우리의 희생으로 저들을 막을 수 있다면 나머지는 휴전선의 우리 병력이 알아서 할 것이오."

"김성규 부장은 지금 즉시 호위병력만을 이끌고 휴전선으로 가시오. 가면 우리 예비사단 병력이 주둔하고 있을 것이오."

"알겠소. 그럼 행운을 비오."

김성규 부장은 지프 차에 몸을 실은 채 휴전선을 향해 달리고 있었다.

"류쉬장 중장님 이제 곧 대동강을 건너 평양을 접수한 후에 바로 휴전선으로 내려가 서울을 불바다로 만드는 겁니다. 서울에 포탄 몇 발만 날리면 저들은 기겁해서 바로 휴전하자고 할 겁니다."

"긴장을 늦추지 마라. 이미 우리는 아까 도하작전에서 큰 피해를 입었다. 저들의 흑표는 우습게 볼 상대가 아니다. 비록 우리가 수적으로 아무리 우세하다고 하더라도 말이다."

류쉬앙 중장은 비록 말은 이렇게 하고 있었지만 저들의 2배가 넘는 전차를 생각하며 승리를 장담하고 있었다. 어둠이 짙게 깔릴 무렵 흑표는 적의 레이다에 잡히지 않기 위해 전파방해기를 최대한 뿌리면서 적이 레이다에 걸리기만을 기다리고 있었다.

수백 개의 점이 흑표의 레이다에 잡히기 시작했다.

"이 중사님. 도대체 어디다 겨눠야 합니까? 적들이 너무 많아서."

"일단 먼저 오는 놈을 조준해서 쏜다."

"우리가 포탄을 쏘면 위치가 금방 들통날 겁니다."

"우리는 어차피 죽음을 각오해야 한다. 우리의 임무는 승리가 아니라 저들의 남하를 1시간 동안 막는 것이다. 사정권 안에 들어오면 무조건 연발해야 한다."

흑표 전차를 선두로 수백 대의 전차에서 일시에 불을 뿜자, 어둠에 짙게 깔려 보이지 않는 전차가 불타오르며 평양 시내를 환하게 밝히기 시작했다.

일각의 틈도 주지 않은 채 반대편에서도 수백 발의 포탄이 날아들었다. 흑표는 수적 열세를 극복하고 상당 시간 잘 버티고 있었다.

## 백두산의 발사

지대지미사일 발사 차량은 미사일을 발사하기 위하여 묘향산맥의 묘
향산 인근 언덕에 자리를 잡았다. 평소 북한은 전투기의 폭격에 대비해
산에 전차 및 미사일 기지를 다량으로 만들어 놓았던 것이 이번에 아
주 유용하게 사용되었다.

"자. 이제 '백두산'을 발사할 때가 된 거 같소."

차량은 지지대를 80도 각도까지 곧바로 세웠다. 미사일 발사 시 차
량이 전복되는 것을 막기 위해 병사들은 차량 고정용 앵커를 최대한 박
기 시작했다.

각도와 좌표를 맞춘 미사일은 불꽃을 토해내며 엄청난 소리와 함께
하늘로 솟아올랐다. 80㎞ 상공을 날아오른 미사일은 이내 평양 시내를
향해 엄청난 속도로 떨어지고 있었다.

제시간에 터져 주어야 할 텐데. 경방사령관은 평양 시내를 바라보며
간절히 기도하고 있었다. 시계를 바라본 경방사령관은 평양 상공을 계
속 응시하고 있었다.

"사령관 동지, 평양 상공을 계속해서 보고 계시면 실명하시게 됩니
다. 어서 안으로 들어가셔야 합니다."

하지만 경방사령관은 꿈쩍도 하지 않았다. 미사일이 제때 터지는지
꼭 자신의 눈으로 확인하고 싶었기 때문이다. 만약 제때 터지지 않는다
면 차라리 실명하여 아무것도 보지 못하는 게 나을 것이다. 제 위치에
서 터져 준다면 실명하더라도 더이상 후회나 아쉬움이 없을 거 같았다.

5분이라는 짧은 시간이지만 모두에게 5년처럼 길게 느껴졌다. 10초
남았다. 반드시 평양 40㎞ 상공에서 터져 주어야 한다. 플루토늄양이

얼마 되지 않아 더 높은 데서 터지면 적에게 치명타를 입히지 못할 것이고, 더 낮은 데서 터지면 반경이 작아, 많은 피해는 주지 못하되 평양 인민은 핵폭탄의 후유증에 시달리게 될 것이다.

5,4,3,2,1초… 속으로 숫자를 세던 최 대좌는 경방사령관의 눈 동공에 비치는 붉은 불빛을 볼 수 있었다. 경방사령관은 자신의 눈을 태워 인민을 구한 것이다. 순간 그의 눈에 투영된 그 불빛은 붉은 노을과도 같았다. 그렇게 경방사령관은 해가 지듯 그 자리에 쓰러졌다.

"사령관님, 사령관님! 어서 안으로 모시게."


그때 평양 상공에서 환한 불빛과 함께 평양 시내를 뒤덮는 흙먼지가 내려앉고 있었다. 갑자기 흑표의 전자기판이 까맣게 변하고 있었다. 레이다 판에 붉게 점으로 표시된 적들의 전차가 사라지고 있었다. 작전이 성공한 것인가?

몇 대 남지 않은 남한군 전차에서 살아남은 병사들이 몸을 꺼내 전차 위에 탑재된 다목적 7.62㎜ M60 기관총을 잡고 적들을 향해 마구 쏘아대고 있었다.

흑표 위에 탑재된 다목적 기관총은 분당 550발의 속도로 적의 보병을 향해 날아가고 있었다. 이미 적들은 모두 멈춰버린 전차와 장갑차 앞에 서서 얼이 빠진 채 서 있을 뿐이었다. 일부는 떨어지는 흙먼지에서 핵의 공포를 느꼈는지 얼이 빠진 채 흩어지기 시작했다.

"김 하사, 지금 즉시 휴전선으로 가서 스톰 작전이 성공했다고 알려라. 지금 즉시 밀고 올라와야 한다고 전해."

"알겠습니다. 이 중사님."

저들의 전차 등 주력화기를 사용할 수는 없다고 하나, 아직 30만의 병력이 남아 있고 황해도의 수안, 곡산에 나머지 주력부대가 있다는 점을 간과해서는 안 될 일이었다. 지금 즉시 밀고 올라와 평양과 황해도에서 괴멸시키지 못하면 서울이 공격당하게 된다. 저들은 분명 연대 단위로 산개하여 서울을 위협할 것이다. 중국군을 괴멸시키고 신속히 간도로 진격해야 했다.

# 제9장
# 쿠데타

## 서울

"수방사령관, 스톰 작전이 성공했네."

"22사단장 지금 즉시 전 병력을 대동강, 아니 간도까지 밀고 올라가라고 하시오. 지금 즉시 전방에 주둔하고 있는 수기사, 양기사, 필승, 불무리 등 모든 기계화 사단과 10개 GOP 사단과 예비사단 등 총 15만 병력을 지금 즉시 황해도 수안과 곡산으로 이동시키게. 비록 평양에서 저들의 주력부대를 막아냈다고는 하나 아직도 저들의 전차 수백 대가 수안과 곡산에 주둔해 있네. 지금 즉시 올라가도록."

"알겠습니다. 차장님."

"수방사령관 이제 청와대를 접수해야겠네. 모든 준비는 끝났겠지."

김호영 차장은 간도 수복을 위해서는 쿠데타가 불가피하다고 스스로 자위했다. 지금의 대통령은 원대한 계획을 감당할 만큼 그릇이 크지 못했다.

"네. 차장님. 지금 나는 국정원 병력을 이끌고 청와대로 갈 테니. 자네도 곧 뒤따르게."

"알겠습니다."

"스티븐, 이제 김호영을 체포하는 일만 남았소. 지금 즉시 대통령을 피신시켜야 하오."

"이미 연락을 했소. 하지만 문제는 수방사 병력이요. 서울 시내 한복판에서 전쟁이라도 벌어진다면 어떻게 되겠소."

"김호영 차장만 잡으면 됩니다. 그럼 나머지는 자연히 붕괴할 겁니다."

"알겠소. 일단 청와대에 병력을 배치시키겠소."

## 서울 종로구 세종로 1번지, 청와대

"차장님, 청와대가 텅 비었습니다."

"뭔가 이상해. 수방사령관, 왜 다리 폭파 소리가 들리지 않지?"

"대통령 집무실로 가보세."

김호영은 긴장된 얼굴로 집무실 문을 열었다.

"너무 늦으셨군요."

"최준 팀장, 자네가 어떻게 여기에…."

"김호영 차장 다 끝났어. 이미 청와대는 미군에 의해 포위당했어."

"결국 자네가 대업을 망치는군. 지도는, 지도는 어떻게 했나? 설마 원본을 통째로 미국에 넘긴 건가?"

"그래. 안 그랬으면 우리 한국군은 중국군과의 싸움에서 전멸했겠지."

"잘 들어. 나라를 망친 건 내가 아니고 최준 팀장 자네가 될 거야. 역사가 자네를 어떻게 기록하는지 두고 보게."

"자네는 처음부터 미국 정부에 이용당한 거야. 그들의 시나리오대로 움직인 거지. 미국은 점점 팽창하는 중국을 견제하고 싶어 했지. 하지만 자신들은 명분도 없고 피해도 크다는 걸 알고 있었어. 그래서 우리 남북 관계를 이용해 중국을 굴욕시키고 한반도를 완전히 지배하려는 계획을 하고 있었지. 난 그걸 역 이용해서 우리의 옛 영토를 찾고 새로운 나라를 건국하려고 했어."

"너는 미쳤어. 그건 쿠데타일 뿐이야. 전쟁은 결국 우리 국민의 고통만 가중시킬 뿐이야."

"아니. 실패하면 쿠데타이지만 성공하면 새로운 역사를 쓰게 되는 거야. 이제 너의 어리석은 짓 때문에 우리는 영영 간도, 연해주를 찾을 수 없게 됐어. 더욱이 한반도 마저 미국의 지배하에 놓이게 된 거야. 우리가 원하든 원하지 않든 전쟁은 일어나게 되어 있었어. 미국이 왜 싸드를 배치했겠나, 싸드 배치로 인해 중국도 어쩔 수 없이 북한을 탐낼 수밖에 없게 된 것이야. 이게 다 미국의 시나리오인 걸 모르겠나. 그들의 시험무대는 더이상 중동이 아닐세. 이제는 동아시아, 정확히 말하면 한반도가 된 것이네."

"마이클, 끌고 가."

"네. 스티븐 지부장님."

어떻게 된 거지. 정말로 미국이 처음부터 계획한 일에 우리 정부가 걸려든 거란 말인가. 김호영 차장의 말을 곱씹어보던 최준은 불현듯 뒷목을 타고 흐르는 뜨거운 피를 느꼈다.

"최준 팀장, 미안하게 됐네. 본토에서 자네를 살려둬서는 안 된다는 지시야. 교전 중에 사망한 걸로 처리해 주겠네."

"스티븐. 결국 이거였구나."

## 한편 오벌오피스

"대통령님, 예상하지 못했던 일이 벌어졌습니다. 북한이 EMP전자기펄스 핵탄두를 평양 상공에서 터트려 중국 전차 대부분이 무용지물됐다는 첩보입니다. 휴전선에 배치된 한국군의 피해가 전혀 없다는 보고입니다. 이제 주한미군을 북상시켜야겠습니다. 그리고 한지희 실장한테 명령을 내리겠습니다."

"그렇게 하게."

"한지희 실장, 지금 즉시 김성규 부장과 평방사령관을 체포하게. 남한의 1사단장 김성일 장군은 이미 청와대에서 체포명령을 내렸네. 이제부터 평양은 미군이 통제할 걸세."

"네. 국장님."

"카오스 작전은 어떻게 됐는가?"

"네. 대통령님, 일본과 러시아, 인도는 이미 중국과 일전을 벌이고 있습니다. 우리가 예상했던 거보다 치열하게 전개되고 있습니다. 그리고 중국의 남해함대가 일본해상자위대에 완전히 괴멸됐다는 보고입니다. 이것으로 한반도와 중국은 우리의 통제하에 들어오게 된 것입니다."

"그렇다고는 하나 아직 중국의 병력이 30만이나 남아 있소. 그들이 휴전선으로 이동한다면 전쟁의 양상이 어떻게 바뀔지 모르는 일이 아니오."

"하지만 이미 전쟁의 양상을 뒤집기는 힘들 것 같습니다. 비록 수백대의 전차가 남아 있다고는 하나 남한 내 육군 화력은 평상시에도 중국과 비슷한 규모입니다. 지금 중국이 휴전선을 넘는다는 것은 불가능합니다. 아마 군사분계선을 넘기도 전에 상당수가 전멸할 것입니다. 남 북한 GOP는 철옹성입니다. 이제부터 남한 육군은 우리 미군의 명령에 따를 수밖에 없습니다."

"대통령님, 지금 중국의 특사가 와 있습니다."

"특사요?"

"중앙정치국 상무위원이자 중국 내 권력서열 2위인 우방궈 상무위원 입니다."

"우방궈 상무위원, 안 그래도 기다리고 있었소."

"지금 중국의 상황이 여의치가 않소. 간도만은 지켜주시오. 간도를 예전과 같이 봉금지대로 설정해야 우리 중국을 지킬 수 있소."

"그럼 우리에게 무슨 대가를 주겠소?"

"원하는 게 뭐요?"

"일단 우리는 중국의 대외정책 기조가 마음에 들지 않소. 중국은 화 평굴기(세계 평화 속에서 우뚝 솟다), 유소작위(국익을 확대하기 위해 적극적인 국제 문제 개입), 최근에는 부국강병을 넘어 팍스차이나를 꿈꾸고 있소. 이러 한 대외정책의 기조를 예전의 화평굴기로 되돌리시오. 지금 미국의 경 제 상황이 좋지 않소. 중국이 가지고 있는 미국의 국채를 파기하도록 하시오."

"무슨 얘기인지 알겠소. 미국이 원하는 대로 해 주겠소."

"그리고 인도와 러시아는 몰라도 일본에게 센가쿠열도를 양보해야 할 것이오."

"알겠소. 제발 도와주시오."

"근데, 리컹취 주석이 동의하겠소?"

"동의는 필요 없소. 이미 리컹취 주석은 공산당 중앙상무위원회와 국무원에 의해 구금된 상태요. 그는 당의 승인 없이 전쟁을 일으킨 반역자요."

"알겠소. 그럼 우리 미국이 앞으로 모든 것을 중재할 것이오."


## 북한 평양

"한지희 실장, 모든 계획을 완료해야 할 시점이오. 김성규 부장과 평방사령관은 체포했소?"

"아직입니다. 곧 체포할 겁니다."

"여의치 않으면 사살하겠습니다."

"그러게. 이미 청와대에서도 김성일 장군을 체포하라고 밀명을 내렸소. 남한군과 긴밀히 협조하시오."

"알겠습니다. 국장님."

"한지희 실장, 어서 오시오. 이제 한숨 돌렸소만, 이제부터가 중요하오. 지금부터 우리는 남한의 추가병력과 함께 북상할 것이니 준비해주시오." 이제 우리 남북연합군은 간도를 손에 넣고 아시아의 맹주가 될 것이오.

"부장님. 남한에서 추가병력은 오지 않습니다."

"무슨 소리요?"

"이미 평방사령관를 비롯한 예하 장군들이 다 체포되었습니다."

"뭐요?"

"김성규 부장, 제국주의에 대한 당신의 꿈은 이것으로 백일천하로 끝나게 됐군요."

"한지희, 네가 어떻게? 설마 설마 했는데. 지금 한반도의 상황을 정말 모른다는 말인가? 아니면 외면하는 건가? 지금 세계는 종교전쟁, 자본의 대결, 이념대결 등 대결구도의 시대이네. 이렇게 전 세계가 긴장감으로 팽배해져 있던 때도 없었네. 극도의 긴장감은 곧 어디선가 터질 것이네. 그게 동아시아, 한반도가 될 것이고. 자네도 조선 사람이 아닌가?"

"나는 공산주의, 자본주의, 민주주의 이런 이념 따위엔 관심이 없어요. 우리 아버지도 결국은 이념의 희생양이라는 걸 잘 알고 있어요. 저는 저의 신념에 따라 행동할 뿐이에요. 더이상 무고한 사람들이 피를 흘리게 놔둘 순 없어요."

"그럼 이대로 통일이 된다면 더이상 피를 흘리지 않을 것이라고 생각하나? 아니, 아마 더 많은 피를 흘리게 될걸세. 그것도 우리를 위해서가 아닌, 미국을 위해서. 통일의 기쁨, 이산가족 상봉의 기쁨도 잠시, 우리는 곧 큰 혼란에 휩싸이게 될걸세. 굶주린 4천만 인민들을 무엇으로 먹여 살린단 말인가, 간도의 반환 없는 통일은 재앙일 뿐일세. 저 미국, 유럽이 어떻게 강대국이 되었는지 생각해보게. 모두 다 식민지를 통해서였네. 우리는 침략도 아니고 우리의 땅을 되찾자는 것뿐일세."

"결국 내부분열의 칼끝을 다른 곳으로 돌리는 침략행위일 뿐이에요."

"왜, 우리나라는 다른 나라를 침략하면 안 된다는 것인가? 우리의 반만년 역사 중에 침략 한 번 안 했다는 게 자랑할 만한 역사라고 생각하는가?"

"그만, 결국 당신도 대한민국에 죄를 짓는 지렁이일 뿐이에요. 당신의 계획대로 제국주의 야망을 좇다간 우리나라뿐만 아니라 세계를 망쳤겠지요. 긴 얘기할 시간이 없군요. 그만 역사의 뒤안길로 사라져줘야겠어요. 이미 김호영 차장은 이 세상 사람이 아닙니다."

한지희는 김성규를 향해 권총을 당겼다.


"김성일 장군 당신의 체포명령서요."

기무사 최 장군이었다.

"모든 것이 끝났소. 김호영 차장의 쿠데타는 미군에 의해 진압되고, 전방에 있는 우리 군대도 북진하진 않을 것이오."

"뭐라고? 김호영 차장은 어떻게 됐소?"

"나도 잘 모르겠소. 미국 측에 인도됐소. 당신은 군인임을 망각했소. 아무리 당신의 계획이 훌륭하고 애국심으로 일을 진행했다고 해도 군 통수권자의 명령 없이 움직인 군인은 더이상 군인이 아니오. 본국으로 소환되면 당신은 미군 손에 죽을 것이오. 나는 당신이 미군 손에 죽는 것을 원치 않소. 스스로 정리할 시간을 주겠소."

"고맙소. 성일은 자신의 십자가를 다지지 못하고 가는 것에 눈물을 흘리며 방아쇠를 당겼다. 못다 이룬 역사는 누군가에 의해 다시 쓰일 것이기에 아쉬움은 없었다.


## 청와대


"김동석 대통령, 나 빌 대통령이요. 지금 즉시 한미연합통치위원회를 설립, 북한을 통제하도록 해야겠소. 우리 주한미군이 아니었다면 김호영 차장한테 정권을 통째로 뺏기고 제3차 세계대전이 일어날 뻔했소. 더 이상의 전쟁은 안 된다는 게 미국의 생각이요. 빨리 한반도를 안정시키는 게 최우선 과제요. 이미 중국군도 철수하기로 했소. 김호영 차장은 반역을 계획하고, 제3차 세계 대전을 계획하고 있었소."

"알겠소. 빌."

이대로 통일 한반도는 미국의 통치하에 들어가게 되는 것인가. 김동석 대통령은 이 모든 게 미국의 시나리오라는 것을 뒤늦게 깨달았지만 지금으로선 미국의 뜻을 거역할 수가 없었다. 역사는 반복되는 것인가? 또다시 미국의 음모에 걸려든 것이다. 6.25 전쟁, 서둘러 정전협약을 체결한 미국, 원자탄을 쏴서라도 통일을 하자던 맥아더를 경질하면서까지 정전을 서둘러야 했던 이유는 미국의 국익 때문이었다. 100년 앞을 내다본 미국은 중국의 잠재력을 무시할 수가 없었다. 그래서 당초 일진회와의 약속을 저버리고 계획을 변경 한반도를 분단국가로 만들기로 한 것이다. 지금 한반도를 통일시키면 중국이 커지고 있을 때 전쟁을 일으킬 명분이 없어질 것이다. 중국을 견제할 수 있는 유일한 방법은 한반도를 분단국가로 만들어 전쟁의 긴장감을 유지시키는 것이다.

김동석은 호영을 이해하면서도 한편으로는 안타까울 뿐이었다. 굳이 일진회를 처단해야만 했던 것인가, 과거에 발목이 잡히지 않고 서로 화합했다면 미국의 음모에 놀아나지 않았을 텐데. 이미 지나간 과거 때문에 대한민국이 또 다시 뒷걸음질 쳐야만 한단 말인가. 일진회도 살기 위해 몸부림칠 뿐이다.


## CIA 취조실

"김호영 차장, 대단하구먼. 우리의 계획을 꿰뚫어 보다니. 당신 같은 사람이 대통령이었다면 우리 미국도 아주 난처했을 텐데 말이야. 간도 수복과 EMP전자기 핵폭탄이라니. 당신의 계획은 완벽했소. 국정원의 어리석은 한 놈만 없었다면."

"그래, 미국의 계획은 어떻게 알았소? 도청했소? 아님 스파이라도 심어놨나?"

"뻔한 거 아니겠소. 미국이 싸드를 한반도에 배치하고, 중국을 압박하면 결국 중국이 선택할 수 있는 것은 북한지역의 선점밖에는. 중국도 체제 유지를 위해서는 결국 북한을 전략화할 수밖에 없을 것이고, 그래서 북한 내 소장파 군인들과 남한 내 소장파 군인들이 뭉치게 되었지. 나는 어떻게든 한반도를 지키고 싶었소. 미국의 속셈도 다 알고 있었지. 우리가 간도를 수복하지 못하면 통일을 한들 미국의 식민지로 전락할 수밖에 없다는 것을. 당신들이 두려워하는 것도 그거였겠지. 통일 후 한반도의 급속한 성장. 그러면 한반도에서, 아니 동아시아에서의 미국의 입지는 없게 될 테니."

"결국 우리가 원하든 원하지 않든 전쟁은 일어나게 되어 있었소, 한반도에 싸드 배치. 이를 타개하기 위한 북한에 대한 중국의 봉쇄정책. 누가 먼저 방아쇠를 당기느냐의 차이일 뿐이오."

"대단하오, 당신. 참 죽이기 아까운 사람이오. 하지만 당신이 간과한 게 있소. 피조물은 결코 조물주를 이길 수 없다는 것을 간과했소. 왜 에덴동산의 선악과나무가 동산 중앙에 있는 줄 아시오? 조물주는 늘 인간에게 경각심을 일깨워 주고 싶었소. 다른 것은 다 해도 조물주에 대한 도전만큼은 허락하지 않는다는 경각심. 그와 동시에 늘 시험하고 싶어 했지. 어떻게 행동하나, 조물주를 배신할 것인지. 숭배할 것인지. 대한민국은 늘 감시의 대상이었소. 대한민국이 이 만큼 잘사는 것이 누구 때문이라고 생각하오. 대한민국의 창조주 바로 미국 때문이오. 미국이 지배하는 세계질서에 대항하는 나라는 미국의 심판을 받게 되어 있소. 대한민국도 늘 경계를 왔다 갔다 했지. 조물주에 대한 도전과 숭배 사이를 저울질하는 피조물을 가만히 둘 수 있겠소. 그래서 우리는 또 다른 조물주가 되고 싶어 하는 중국을 대한민국을 이용해 치기로 한 것이오. 다 자업자득이라고 생각하시오. 우리가 마음만 먹으면 대한민국이라는 나라는 언제든 없애고 다시 세울 수 있소."

"신도 실수는 하는 법. 다 끝난 일이오. 어리석은 놈 하나 때문에 한반도의 미래를 망쳤소. 누구를 탓하겠소. 어서 죽이시오. 다만, 대한민국을 좀 먹고 있는 지렁이 같은 놈들을 처단하지 못하고 가는 게 아쉬울 뿐이오."

"알았소. 빨리 끝내 드리리다."

스티븐은 권총을 집어 들어 김호영의 관자놀이를 조준했다.